L'IMPRÉVU

DU MÊME AUTEUR

VOLLEY-BALL, *roman*, 1989
L'AVENTURE, *roman*, 1993
LE PONT D'ARCUEIL, *roman*, 1994
PAUL AU TÉLÉPHONE, *roman*, 1996
LE PIQUE-NIQUE, *roman*, 1997
LOIN D'ODILE, *roman*, 1998 (Double nº 15)
MON GRAND APPARTEMENT, *roman*, 1999
UNE FEMME DE MÉNAGE, *roman*, 2001
(Double nº 24)
DANS LE TRAIN, *roman*, 2002
LES RENDEZ-VOUS, *roman*, 2003

CHRISTIAN OSTER

L'IMPRÉVU

LES ÉDITIONS DE MINUIT

L'ÉDITION ORIGINALE DE CET OUVRAGE A ÉTÉ TIRÉE À QUARANTE-CINQ EXEMPLAIRES SUR VERGÉ DES PAPETERIES DE VIZILLE, NUMÉROTÉS DE 1 À 45 PLUS SEPT EXEMPLAIRES HORS COMMERCE NUMÉROTÉS DE H.-C. I À H.-C. VII

7, rue Bernard-Palissy, 75006 Paris
www.leseditionsdeminuit.fr

ISBN 2-7073-1898-1

Les femmes, à mon contact, tombent malades. Elles s'enrhument. Elles éternuent. Il arrive aussi que leur gorge soit prise. Pour elles, c'est la première fois. Leur bonne santé me précède.

C'est ma faute. Le rhume ne me quitte pas. À force, elles l'attrapent. Une fois guéries, ce sont elles qui me quittent. Je reste avec mon rhume à moi.

Ça m'occupe. Je peux traverser une crise, alors. Me surenrhumer. Ma consommation de mouchoirs augmente. C'est une période où je sors autant que d'habitude, mais moins longtemps. Je me sens plus à l'aise couché, avec une boîte de Kleenex à portée de main. Le gros rhume noie bien le chagrin. Il le dilue.

Laure était avec moi lorsque, pour la première fois de sa vie, elle éternua. Elle fut surprise, puis désemparée. Pas moi. Les éternuements des autres ne me surprennent pas. Ils sont comme les échos des miens. J'ai d'ailleurs tendance, quand quelqu'un éternue près de moi, à sortir un mouchoir.

Je ne fus pas surpris, non. Mais je fus touché. Je l'avais toujours trouvée distante, Laure, et son éternuement la rapprochait de moi. Je sentis comme un accord de sa part. Une manière de dire qu'elle me comprenait, maintenant, qu'elle m'acceptait, et que le moins qu'elle pût faire, à dater de ce jour, c'était de m'accompagner. De m'accompagner vraiment.

Parce qu'elle ne m'accompagnait pas vraiment. Elle me suivait. Mon amour la troublait. Avant son rhume, déjà.

Elle m'aimait, à sa manière. Avec perplexité. Avec retenue. Mais c'était moins son amour qu'elle contenait que le mien, au fond. Elle s'embarrassait de mes gestes, s'inquiétait de mes mots. Du calme, lui disais-je. C'est juste que je t'aime. Ça ne me rassure pas, disait-elle.

Laure s'était mise à éternuer régulièrement, donc, mais sans excès. Même sa toux, qui vint ensuite, demeura sporadique, ni grasse ni sèche, du reste, de sorte qu'elle ne relevait pas d'une médication précise. Personnellement, je ne me soigne plus depuis longtemps, et je conseillai à

Laure, étant donné le flou de son symptôme, de n'en rien faire non plus. Ça passerait. Je ne le souhaitais pas franchement.

J'aimais l'entendre éternuer. Plutôt l'entendre, d'ailleurs, que la voir. Il y avait toujours ce temps de retard, une seconde, pas plus, quand elle éternuait ou qu'elle toussait à mes côtés, et non face à moi, où je ne prenais pas encore conscience que c'était elle. Quelqu'un tousse, me disais-je alors, quelqu'un de très proche, et qui n'est pas moi. Étrange sensation, durant cette seconde, au terme de laquelle je me disais que non seulement ce n'était pas moi, mais que de surcroît c'était elle. Laure. Et de m'émouvoir, donc.

Et de m'alarmer, aussi bien. Laure ne s'émouvait pas du tout. Éternuer l'agaçait. La première fois que c'était arrivé, avec Agnès, je n'avais vu que le bon côté des choses. C'est rapidement ensuite, peu après sa guérison, qu'elle avait rompu. Comme si, pour autant que l'on pût voir dans ces premières manifestations une forme de cristallisation sentimentale, le rhume d'Agnès, considéré sur l'ensemble de son évolution, eût correspondu à la durée de l'amour.

Par chance, les choses ne s'étaient pas toujours passées ainsi avec d'autres : enrhumées que j'avais moi-même quittées, non-enrhumées qui m'avaient abandonné à mon sort. Il n'y avait pas de loi.

Toujours est-il qu'à l'époque où Laure toussait encore – aucune fièvre, pour autant, elle était parfaitement mobile –, Philippe, qu'elle m'avait présenté au moment de notre rencontre, et qui aurait pu être mon ami, à la rigueur, mais qui était d'abord le sien, nous invita à passer quelques jours à Braz.

Il voulait fêter son anniversaire. Le cinquantième. Dès lors que ce n'était pas le mien, ça m'était égal. Je vis assez mal le vieillissement des autres, mais enfin, entre eux et moi, il y a toujours une marge. Personne ne m'empêche de vieillir hypocritement. Je ne tiens pas le compte des années qui passent. Je regarde devant. Il n'y a que la mort qui pourrait m'en dissuader mais, jusqu'à nouvel ordre, elle n'est pas là, la mort, elle est ailleurs, occupée à faucher tout autour. Je ne connais que sa réputation et je ne doute pas que, lorsqu'on se croisera, ça se passera mal. Aucune chance de l'amadouer. Je ne tiens pas à précipiter les choses.

Quand Philippe nous a invités, donc, Laure toussait, pas trop, éternuait, aussi, mais pas davantage. Elle se contentait d'ailleurs de ma provision de mouchoirs. Une cartouche de Kleenex compacts, qui ne prenait guère de place dans une valise. Deux ou trois paquets répartis dans mes poches, que je lui tendrais à l'occasion. Pour le reste, nous emportâmes des vêtements d'été, puisqu'on y était presque, et quelques pulls, parce que Philippe fêtait son cinquantième anniversaire sur une île. Une île bretonne, avec fraîcheur et vent aux extrémités des jours.

Nous avions une bonne voiture et c'est moi qui conduisais. Dans l'état où était Laure, je ne voulais pas lui laisser le volant. Ce ne serait plus un voyage très long, du reste. Nous nous trouvions déjà à mi-chemin, un peu avant Laval. J'avais sa main dans la mienne, ramenée sur ma cuisse.

On partait ensemble, donc. La troisième fois en un an. Je m'étais tout de suite installé chez elle, elle avait juste eu à pousser des cintres. Un peu surprise. Elle m'avait demandé si je l'aimais. Elle était toujours là.

Le temps était doux, la route dégagée, je courais un peu après l'impression de conduire ma vie. Le paysage, de loin en loin, variait. Un vert plus frais se détachait parfois sur une ligne d'arbres. De petits paradis surprenaient, que nous fendions au passage dans la brève nostalgie de leur virginité.

Çà et là une vache s'entêtait dans l'herbe. On devinait un cours d'eau.

Laure éternua avec force. Par manque d'expérience, par besoin de s'exprimer, aussi, elle ne s'était pas retenue. Ma conduite faillit en souffrir. Vivement détachés de ma cuisse, ses doigts extirpèrent, du paquet qu'elle avait sorti de ma poche de chemise, de l'autre main, dans un mouvement tournant un peu entravé par le port de la ceinture, un mouchoir qu'elle amena moins à son visage qu'elle ne se porta à sa rencontre, la tête penchée en avant dans une maladroite tentative de réduire les distances. Elle s'enfouit dans le papier, se délivra, trouva plus calmement le secours d'un second mouchoir.

Tu t'enrhumes vraiment, lui dis-je.

Oui, me dit-elle.

Elle était de mauvaise humeur. Encore une fois, j'invoquai pour moi-même son inexpérience. Mon nez constamment pris, personnellement, m'était un compagnonnage, un léger handicap dont je m'était accommodé au fil des ans. Laure, elle, faisait face, se rebiffait. Je voulus reprendre sa main, elle la retira. J'avais eu le temps de constater qu'elle était chaude.

Je te sens fiévreuse.

Moi aussi.

En dépit de la nouveauté de son thème, ce n'était pas la meilleure conversation que nous ayons eue. Je tentai de la relancer en proposant l'achat d'un thermomètre, quand nous aurions quitté l'autoroute. De toute façon, nous voulions nous arrêter à l'hôtel, nous aimions les nuits à l'hôtel. Pour commencer, elle se coucherait.

Ah non, dit-elle.

Pour la nuit, lui dis-je. Il faudra bien.

Elle ne répondit rien. Elle m'en voulait. Elle m'en avait toujours voulu de l'aimer. Puis de m'aimer. Je ne lui en avais jamais voulu de m'en vouloir. Je travaillais pour nous, un peu seul, parfois. Et alors ? me disais-je. Si tu t'y prends mieux qu'elle.

Je lui avais lâché la main, que j'avais reprise. À part la fièvre, je ne la sentais plus. Aucuns nerfs dans les doigts. Laure se repliait plus que jamais. Je souffris, je dois le dire, de sa brutalité. Mon problème, à moi, c'est que je m'aguerris mal.

Dans tous les cas, je ne pouvais pas continuer à rouler comme ça, avec cette histoire de fièvre non réglée entre nous et les complications psychologiques attenantes. Laure était contrariée, j'étais tendu.

Je guettai une sortie. Je ne parvenais plus à émettre un mot. Je décidai d'attendre, pour toucher Laure, que nous retrouvions un terrain d'entente. Je me concentrai sur la conduite, c'est-à-dire que j'étais parfaitement déconcentré. Il devenait dangereux que nous poursuivions sur l'autoroute. Le seul mot que nous partageâmes, dans cette phase, et encore, je n'en suis pas sûr, Laure ne sortant guère d'elle-même, fut celui que je lus sur un panneau, indiquant une sortie. Commency. Je l'empruntai.

Laure était brune, donc.

J'aimais ses yeux.

J'avais peur de la perdre.

Je cherchai d'abord une pharmacie. J'en trouvai une à Chavrière, cinq kilomètres après la sortie de l'autoroute. Il était dix-neuf heures, c'était ouvert. Pour autant que je pouvais en juger de l'extérieur, il n'y avait personne dans la boutique. À proximité, des gens attendaient pour acheter du pain. Une jeune femme passa sur des rollers.

Je descendis de voiture. Les pharmaciens étaient deux, un homme, une femme. Tous deux présents derrière le comptoir. J'eus la sensation qu'ils m'attendaient. L'homme, plus âgé, blouse blanche, était à peu près de ma génération, mais nos ressemblances s'arrêtaient là. Je n'aime pas le blanc et je n'aurais pas pu être pharmacien. Le pharmacien, lui, ce pharmacien-là, du moins, n'aurait pas pu être moi. Il avait l'air spécialisé. La femme aurait pu être sa fille, éventuellement elle aurait pu aussi être danseuse, ou professeur d'anglais, ou n'importe quoi, avec ses mèches.

Folles, j'entends. Beaucoup plus large d'idées. Mais tous deux s'intéressaient à moi. Pas moins l'un que l'autre. Longtemps, me sembla-t-il, ils me regardèrent venir.

Je leur demandai un thermomètre et de l'aspirine. Articles courants, certes, mais qui furent tout de suite là, sur le comptoir, sans qu'ils eussent eu l'air de les avoir cherchés. Absorbé que j'étais ailleurs, dans une couche inférieure de mes doutes, j'imaginai qu'ils les avaient préparés en prévision de ma venue. Je ne dis pas que je croyais à ce que je pensais, mais j'y pensais.

Je remerciai à peine ces gens-là. Je m'attardai sur l'étagement des tiroirs métalliques, derrière eux, dont j'aimais observer le maniement, à l'accoutumée, un, je tire, deux, je passe sur le côté, je lis les étiquettes, le nez au ras du tiroir, long, au bord latéral bas, laissant voir les boîtes, et donc je trouve, ou non, il faut que je les commande, bref, j'eusse préféré qu'ils les tirassent en professionnels, ces tiroirs, encore que je voulusse bien convenir que je ne réclamais rien qui nécessitait qu'on le celât, qu'on l'isolât, qu'on se mît en quatre pour me le procurer. Ce que je veux dire, c'est que tout m'avait paru trop simple, trop naturel, trop attendu. C'est à peine si j'avais eu besoin d'ouvrir la bouche, moi, pour expliquer ce que je voulais, et je me demandai même, maintenant, si je m'étais vraiment exprimé, en tout cas avant qu'ils ne me servent. J'avais bien formulé ma demande, oui, mais à quel moment, je ne m'en souvenais plus.

Je sortis, encombré de mon sachet ridiculement privé de poids, avec, au bout de mon bras, donc, cette désagréable sensation de ne rien porter, alors même que mes doigts se resserraient sur des anses. Preuve que je n'avais rien acquis de solide, mais que pourtant il s'était produit un changement.

Laure ne m'attendait pas, ou du moins sa tête reposait, rejetée vers l'arrière, sur l'appui-tête. Je me remis au volant, glissai le sachet dans le vide-poches, démarrai, roulai doucement à la recherche d'un hôtel et, miracle, c'est toujours miraculeux, dans ces villages, mais pas là, au vrai, non, ce n'était pas un miracle, tout juste l'évitement d'une catastrophe, j'en trouvai un.

Un bien, même. Deux étoiles, seulement, mais un jardin. Avec des chaises et des tables. Des fleurs. Une petite entrée à perron. L'établissement se situait en réalité à la sortie du village, en retrait de la route, dans la direction qu'indiquait un panneau que je n'aurais raté pour rien au monde. Je coupai le moteur.

Tu vas tout de suite prendre de l'aspirine.

Elle aurait pu aussi bien être morte. Je m'aperçus qu'elle dormait. Je ne savourai pas mon triomphe. J'entrai dans l'hôtel, demandai s'ils avaient des chambres. Pour combien de nuits ? s'enquit-on, comme si, à Chavrière, il était possible d'envisager quelque séjour prolongé, propre à l'épuisement d'une curiosité qu'eût suscitée, dans l'esprit du voyageur, l'éphémère traversée du village, potentiellement riche en découvertes. Une, répondis-je. Nous devons repartir demain, ajoutai-je, afin de ménager mon interlocuteur, qui portait une barbe accueillante, du reste, fournie, dont je me demandai un instant si elle ne lui avait pas poussé depuis le dernier client, comme une incarnation de l'attente. Et je jetai un coup d'œil inquiet aux murs, y guettant quelque écaillement de la peinture ou toute trace qui eût trahi le passage d'un temps inemployé, un état d'abandon que mon hôte eût été le premier à subir, figé derrière son bureau dans la silencieuse et déprimante pousse de ses poils. Mais non, c'était propre, comme à l'extérieur, et les biches sur les murs se détachaient bien sur le fond crème, dans l'impeccable réitération de leur saut pour échapper aux chasseurs.

Je comprends, dit-il.

Je ne sus pas ce qu'il comprenait, mais il avait plusieurs chambres disponibles. Toutes ? lui demandai-je, manière de lever ironiquement le lièvre de son éventuelle banqueroute, j'avais envie de me forcer à rire, et il sourit, ménageant une large brèche dans sa barbe, comme s'il savait ce que j'éprouvais pour l'éprouver lui-même, mais avec distance ou philosophie, pas vraiment comme moi, et je ne lui demandai pas cette fois comment il s'y prenait pour survivre, ici. Je le regardai. Vous pouvez choisir, me dit-il. Et il disposa une série de clés sur le comptoir.

J'eus immédiatement la sensation d'une disproportion. Une seule femme, me dis-je, difficilement transportable, et toutes ces chambres, c'est beaucoup trop, et d'ailleurs ça ne va pas du tout, songeai-je, il y a trop d'accueil, dans cette région, tout le monde est trop prévenant, mais personne ne m'aide, en définitive, je suis seul avec elle, voilà, je me demande si je ne préférerais pas un milieu hostile, franchement hostile, et avoir à me battre. Enfin, me dis-je. Je ne vais en prendre qu'une, lui dis-je. Qu'une clé, précisai-je. Indiquez-moi seulement la meilleure chambre.

La 25 sur la cour, vous serez tranquille.

Je n'en doutais pas. Je me demandai où était le personnel. Il fut tout de suite répondu à cette question, quelqu'un traversa le hall, une femme courte, vêtue comme chez elle, la femme de l'homme à barbe, me dis-je, qui me jeta un regard, la femme, un peu suspicieux, mais légitime, jugeai-je, toute présence allogène, ici, réclamant quelque justification, sauf pour les philosophes, bien sûr, et je demandai à l'homme, devant sa femme, si, en sus de la clé que j'avais prise en main, il ne me fournirait pas un verre d'eau, très vite, car ma femme, la mienne, n'eus-je pas à préciser, était restée dans la voiture, malade, fiévreuse. Attendez, me dit-il.

Il quitta le comptoir, réapparut avec un verre d'eau, je le lui pris et sortis sur le perron. Laure semblait toujours dormir, la tête renversée. J'allai jusqu'à la voiture et ouvris sa portière.

Je secouai un peu cette femme extraordinairement endormie dont je partageais la vie depuis un an. Je ne pris pas la peine, ce soir-là, penché dans l'encadrement de la portière, de contempler son visage recomposé par le sommeil, sous le fascinant secret des paupières. Je pensais à son aspirine, dont je venais de jeter le comprimé dans le verre, sans doute trop tôt, car il dansait moins, déjà, se délitant, réduit à presque rien dans la fin de son effervescence.

Laure ne s'éveillait toujours pas. Je dus la brusquer en me faisant la réflexion que j'aurais pu attendre, pour l'aspirine, et en dissoudre une autre, une fois gagné la chambre, en prenant de l'eau au lavabo plus sûrement qu'au minibar, qui menaçait de n'exister pas, ici, et puis non, je voulais faire baisser sa fièvre, assez vite, et qu'elle prît sa température avant que le comprimé ne fît effet. De sorte que je me trouvais face à deux urgences.

Laure, la secouai-je donc à l'épaule, Laure, s'il te plaît, et elle finit par ouvrir un œil.

C'est quand elle ouvrit le second que je m'avisai qu'elle était rouge. Je touchai son front, qui était chaud, et lui mis avec autorité le verre dans la main. Elle commença à boire. Entièrement, l'encourageai-je. Elle acheva son verre, je me sentis mieux. Il restait cependant à l'extraire de la voiture, à lui représenter que j'avais trouvé un hôtel, à la conduire jusqu'à la chambre.

Mouchoir, dit-elle.

Je sortis de ma poche le paquet, dont je me servais peu, du reste, notai-je, ces derniers temps, moins d'une dizaine de fois par jour – beaucoup moins, si ça se trouve, me dis-je, si j'y réfléchis, mais ai-je bien le temps d'y réfléchir –, et je le lui tendis. Je lui suggérai même de le garder. C'était la première fois que je lui faisais ce genre de proposition. Elle accepta. Elle semblait maintenant se plier à son état, se mouler dans cette identité de passage qu'il est loisible d'emprunter quand la maladie se présente, et qui nous fait peu ou prou entrer dans la familiarité de notre précaire condition, alors même que Laure fait partie de ces gens, largement majoritaires, pour qui la bonne santé s'apparente non seulement à une norme mais à un genre de vie, voire, donc, à quelque définition de leur personne. Laure, en somme, cédait en acceptant de conserver ce paquet de mouchoirs, changeait d'avis sur elle-même, fût-ce de façon ponctuelle, mais ce changement, contrairement à ce que j'en eusse attendu, ne me rassurait pas du tout. Il faut que tu sortes de cette voiture, lui dis-je.

Je l'encourageai. Je m'avisai, dans le même temps, que la femme de l'homme à barbe était sortie, exhibant sa curiosité, peut-être tempérée, mais je ne pris pas le temps de m'en assurer, par une prédisposition à la sollicitude. Je me concentrai sur Laure, qui, éternuant, maintenant, puis se mouchant, échappait par la force des choses au sommeil, trouvant même, en fin de compte, dans la station debout, matière à évoluer vers quelque autre état, récupération provisoire de ses forces ou rechute brutale. Au vrai, je n'eus pas grand-chose à faire : me précédant, elle s'avança vers l'hôtel. La femme, alors, s'effaça du perron en filant par l'extérieur, en direction d'un appentis. J'entrai derrière Laure, le verre vide à la main, l'autre main posée légèrement à la base de son dos afin de la stabiliser, et nous passâmes devant le patron, à qui Laure destina un salut économe tandis qu'il glissait dans sa barbe deux doigts ostensiblement distraits.

Je déposai au vol le verre sur le comptoir. Nous prîmes l'ascenseur et, dans le coude d'un couloir, nous trouvâmes la chambre 25. J'ouvris, poussai Laure à l'intérieur, refermai, jaugeai la literie d'un coup d'œil. Bon, je vais chercher les bagages, dis-je, allonge-toi, et je sortis sans attendre.

En refermant le coffre de la voiture, je m'aperçus que j'avais faim et que nous n'avions pas abordé, et pour cause, la question du dîner. Je craignis que cette faim ne s'installât et ne compliquât nos rapports, au cas où je fusse amené à laisser Laure, sans doute peu motivée à cet égard, pour aller me restaurer au village. L'hôtel ne faisait pas restaurant, du moins pas au grand jour.

Je retournai à la chambre, déposai les bagages au milieu de la pièce. Laure s'était installée. Assise sur le lit, la tête droite sous un chromo qui représentait une église, peut-être celle du village, elle fixait le vide avec détermination, une main resserrée sur le paquet de mouchoirs.

Je lui demandai si elle avait pris sa température, mais, avant même qu'elle ne me répondit, je sus que non. Du reste, elle ne répondit pas. J'insistai donc sur ce point, en laissant entendre, dans la phrase que je forgeais avec soin, l'ayant purgée du trop d'adverbes qui paradoxalement s'y pressaient sous l'effet de l'urgence, l'inquiétude qui d'abord la fondait.

Je voudrais que tu me laisses, me répondit Laure. Je n'ai pas envie que tu me voies dans cet état. Et cesse de t'inquiéter, s'il te plaît.

Je n'étais pas tout à fait d'accord. Ça m'allait, à moi, son état. Laure malade, ça me convenait. Je l'avais toujours aidée. Quand l'occasion se présentait, toujours. Rarement, en fait. Justement. Je ratais quelque chose. Elle me faisait rater quelque chose. Je voulais être soucieux. M'inquiéter, oui. Pour elle. Et même, autant le dire, depuis un an, j'en rêvais, de m'inquiéter pour elle. Or ça se présentait. Sauf qu'en vérité c'est de moi que je m'inquiétai. Ça ne va pas, me dis-je.

Je me dis aussi qu'en l'occurrence un médecin eût peut-être mieux fait l'affaire. Je lui présentai d'ailleurs sans tarder, dans le respect de ses vœux, cette perspective comme une substitution. Je voulais bien, provisoirement, être remplacé par un médecin. Je le souhaitais, même.

Elle, non.

C'est inutile, dit-elle. J'ai de l'aspirine, je verrai

demain. Mais je voudrais vraiment que tu me laisses.

Je t'en prie, ajouta-t-elle.

J'étais partagé. Appeler contre son gré un médecin, s'il en existait un de joignable, n'était peut-être pas la solution qui s'imposait, Laure ayant quelques sérieuses chances de survivre à sa fébrilité d'un soir. La laisser, en revanche, comme elle m'en priait, me mettait dans une position que je me représentais mal. Je pouvais, de fait, sortir de la chambre, mais j'étais préoccupé par la question d'y revenir. Du moment propice pour y revenir.

Je suppose que tu n'as pas faim, dis-je.

Non.

Je peux quand même te rapporter quelque chose, non ?

Non. Or, si je ne lui rapportais pas quelque chose, que je revinsse les mains vides, c'était bien la question de mon retour qui se posait, de mon retour nu, sans rien, bref, de mon retour, et ça me souciait de sortir comme ça, sans vrai motif pour revenir, cependant que le regard de Laure fixait toujours le vide, où j'évitais de m'inscrire, restant sur le côté du lit. Un regard, donc, qui ne s'accommodait que de ce vide, et qui, compris-je, attendait mon départ pour se poser enfin, délivré du poids qu'exerçait fût-ce ma simple présence.

Je me résignai.

Bon, dis-je. À tout à l'heure.

Cet *à tout à l'heure* manquait d'héroïsme, mais après tout, me dis-je, je ne vois pas pour quelle raison je ne me ménagerais pas un peu. J'existe, aussi. Même si, enrhumé, sans doute, je ne le suis que moyennement, pour ce qui me concerne. Et alors ?

Alors je sortis.

Je m'inventai une première étape : l'accueil. L'homme à barbe n'étant pas à son bureau, je l'attendis en pianotant sur le comptoir. Il était vingt heures et je voulais savoir si, faute de dîner, je pouvais espérer des sandwiches. J'appris que non quand il vint à traverser le hall, comme à l'occasion sa femme. Je sentis, en dépit de mon anosmie partielle, une odeur de curry en provenance de la gauche. Ou de la droite. Le premier restaurant est loin, me dit-il. Mais vous pouvez peut-être trouver quelque chose au village. Il y a une épicerie qui ferme tard dans la deuxième rue après l'église.

Je gagnai rapidement la voiture. Au village, qui, lorsqu'on l'aborde dans ce sens, est tout de suite là, passé le panneau, de sorte que son nom semble collé dessus, sur lui-même, donc, le village, comme à la base d'une maquette, je vis encore un peu de passage : une femme, un chien, un van qui stoppait le long d'un trottoir. La boulangerie était fermée, que jouxtait une boucherie synchrone, ainsi qu'un salon de coiffure, et l'on imaginait mal, du moins moi, qu'une quelconque clientèle eût auparavant pu s'y presser ou même s'y rendre. Ce que je veux dire, c'est que, de façon diffuse, j'étais inquiet.

Je pris donc la deuxième à gauche après l'église avec une bonne dose d'espoir, moins parce que la faim me poussait que par besoin de trouver quelque établissement ouvert, éclairé, habité, avec à l'intérieur des rayons qui témoigneraient d'une organisation sociale, d'un mouvement de vie autour d'un noyau ferme. Ce fut le cas, du reste, bien que je fusse amené à circuler, dans un premier temps, au ras de gondoles surchargées par endroits, singulièrement vides à d'autres, sans avoir rencontré âme qui vive, client ou même caissier. J'hésitai, dans ces conditions, à me servir, mais je m'autorisai à réfléchir, seul, en pleine lumière, dans le silence que troublait seulement le moteur d'une armoire réfrigérante, devant les fromages, dont la gamme étroite, trop tôt relayée par celle des yaourts, s'offrait de manière décourageante, dans le rayon des produits frais, sous des films dont la parfaite transparence révélait des textures privées de contrastes et des couleurs sans nuances.

Je me décidai finalement pour un vague emmenthal, attrapai plus loin du pain de mie tranché et, revenu à la caisse, prélevai à proximité une pomme dont une main secourable, à ce stade, me délivra pour lui faire prendre la direction d'une balance, tandis qu'une voix enjouée me souhaitait la bienvenue, l'une et l'autre s'assemblant, dans un cliquetis de clavier, pour composer avec d'autres éléments, tee-shirt imprimé, peau bistre, visage maigre, une personne parfaitement apaisante, qui m'accueillit comme n'importe quel autochtone, songeai-je, sans s'aviser de mes origines urbaines. Merci beaucoup, dis-je, bonsoir, me répondit l'homme, et l'affaire fut close, je me retrouvai avec mes doutes au volant de la voiture.

Je pris évidemment la direction de l'hôtel. Je m'étais absenté trois quarts d'heure et j'escomptais que Laure se fût endormie, brisée par la fièvre. Je ne tenais pas trop à la revoir éveillée, souffrante et mal disposée à mon égard.

L'homme à barbe lisait derrière son comptoir. Avisant mon sac de supérette, il posa sur moi un regard rassuré mais également rassurant, qui pouvait laisser entendre que, si je manquais cependant de quelque chose, il était là avec sa femme et ses réserves. Je notai toutefois qu'il ne m'avait pas invité à dîner.

Je gagnai la chambre 25, engageai précautionneusement la clé dans la serrure. La pièce était silencieuse, elle le demeura jusqu'à mon arrivée feutrée à la hauteur du lit et même après, quand je me fus penché sur Laure, qui, comblant mes espérances, s'était endormie dans la position où je l'avais laissée, la tête maintenant décrochée vers l'avant, le souffle irrégulier et faible. Je pris la décision de l'installer mieux, soutenant d'une main le bas de son dos tandis que je maintenais de l'autre sa tête dans un lent mouvement de translation vers le pied du lit. J'y parvins, au prix de ma peur de l'éveiller, qui n'était pas la seule, sans doute, à m'étreindre, je commençais à avoir confusément peur, mais, après tout, me dis-je, on peut bien avoir peur de temps en temps, on n'en meurt pas, et puis sinon on ne fait rien et d'ailleurs je l'aime. Et je la couvris d'une couverture trouvée dans la penderie, dont j'évitai que le haut n'entrât en contact avec son cou. Après quoi je la regardai dormir.

Je me sentais nerveux. Elle semblait sereine, certes, mais ma présence, ce soir-là, n'y était pour rien et même, en principe, menaçait d'y faire obstacle. Elle dormait, néanmoins, et j'étais là, et, qu'elle le voulût ou non, je veillais sur son sommeil. Et qui sait, peut-être, au fond, avec l'aide du rhume, sans doute, et contre toute attente, l'y maintenais-je. Ni moi ni elle ne pouvions le savoir.

Laure était toujours aussi belle, au demeurant, aussi mystérieuse et calme, les paupières expressives comme une présence, comme un regard qui se fût clos sans se retirer, les ailes du nez un peu rougies par le rhume, ce soir-là, et c'est son amour que j'observais ainsi, comme les autres nuits, son amour pour moi veillé par le mien pour elle, avec la sensation simplement accrue qu'il dormait, son amour, qu'il persistait dans le sommeil, sans bien évidemment s'éteindre. Je craignais plutôt, de façon optimiste, qu'il ne s'éveillât de mauvaise humeur, cet amour, ce soir-là, songeant qu'à tout prendre il était préférable qu'il dormît, oui, un peu atténué, même, pourvu que ça dure, me disais-je. Et comme Laure ne s'éveillait toujours pas, je m'éloignai du lit, doucement, et entrepris d'utiliser mes provisions de bouche.

J'avisai une chaise, enfoncée jusqu'au dossier dans l'enclave d'une table étroite, sous la fenêtre, et l'en tirai pour l'amener au pied du lit, comme dans une chambre d'hôpital. Je m'y installai, posant le sac de supérette sur mes genoux. Il faisait grand jour encore, en juin, c'était normal, j'apercevais par la fenêtre, au-delà de la cour, un peu de campagne, le ciel inlassablement bleu qui nous éclairait, Laure et moi, dans cette disposition nouvelle où entrait l'intéressante quoique préoccupante notion de chevet. Je fouillai mon sac, qui bruissa mais auquel le chant, par la fenêtre entrouverte, d'un atypique oiseau se mêla, composant pour quelques secondes un utile fond sonore. Je ne voulais évidemment pas faire le moindre bruit et c'est avec d'infinies précautions que je sortis du sac le morceau d'emmenthal puis le paquet de pain de mie.

Je n'avais pas de couteau. Je n'avais pas pensé à ça. Mes ongles, que j'ai plutôt durs, s'essayèrent à entamer le plastique qui enveloppait le fromage. Ils ripèrent. Pour les relayer, je pensai à la clé de la chambre. Je l'attrapai sur la petite table, mais elle tinta contre la plaque qui la numérotait. Elle tinta faiblement, par chance, privée qu'elle était de vraie résonance entre mon pouce et mon index. Laure dormait toujours, avec d'infimes variations de souffle qui m'accompagnaient dans mon travail.

J'engageai la clé dans l'emmenthal, la tirai latéralement et déchirai tout à la fois le plastique et le fromage. La percée dans le paquet de pain de mie me posa moins de problèmes, bien que j'eusse à lutter contre un nouveau froissement, d'espèce différente, qui se combina heureusement avec le démarrage, non loin, d'un moteur de tondeuse.

Je pus enfin avaler quelque chose tout en me posant la question de mon coucher. Ce serait simple, en fait. Je me glisserais silencieusement auprès d'elle et, avec l'aide du Ciel, nous dormirions ensemble. Le lendemain, les choses auraient évolué. Peut-être la fièvre serait-elle tombée. Une simple alerte.

Je consommai tout l'emmenthal, avec une partie du pain, et dans la foulée je m'emparai de la pomme, heureusement non conditionnée. J'y mordis. Elle se révéla juteuse, certes, mais d'abord ferme, et mes dents, qui venaient de s'y inscrire sans précaution, m'offrant tout soudain la surprise et le plaisir de vaincre sa texture compacte, où du reste un instant elles s'enkystèrent, interdisant au jus de se répandre, en avaient également tiré un son sec, presque strident. Laure s'éveilla brutalement, se hissa sur les coudes, me dévisagea. Je me demandai où elle trouvait la force d'ouvrir à ce point les yeux et d'en jeter, de la lisière du sommeil, un tel regard. Qu'est-ce que tu fais là ? enchaîna-t-elle comme si je venais de commettre une faute grave. Tu manges ?

Je ne cherchai pas à nier cet aspect de ma conduite. Dans un ultime effort, j'achevai d'isoler le morceau que mes dents venaient de circonscrire. Je mâchai, avalai. Puis je répondis oui et je la regardai. Je pouvais difficilement, dans la situation telle qu'elle semblait la définir, éviter une confrontation. Mais surtout, naissant de son comportement – et peut-être aussi du mien –, diverses émotions me traversaient d'où émergeait un mélange de culpabilité et de sidération, l'une l'emportant au vrai sur l'autre en alternance. Et il me semblait à la fois reconnaître Laure et la découvrir, de sorte que je cherchais en ces instants à m'en reconstruire une image cohérente, susceptible de prendre en compte le changement qui venait de s'opérer en elle.

La fièvre avait peut-être en partie décru sous l'effet de l'aspirine, puisque lui succédait une colère rentrée qui allait son train, maintenant,

Laure jetant sur moi ce même regard froid, quoique un peu rouge, également, signe qu'elle n'allait peut-être pas beaucoup mieux en définitive. En tout cas elle ne désirait pas en dire davantage, elle me rappela seulement qu'elle ne voulait pas me voir ou, plus exactement, que je me tinsse en face d'elle.

Couché, dis-je. Je ne te verrai pas.

Je me rendis compte que c'était une prière. Ça n'allait pas du tout. J'attendis sa réaction et, comme elle tardait, je tentai de me souvenir de nous avant cet épisode. Aucune image ne me revenait. Des lieux, sans doute, mais nulle scène, nulle situation, nul geste. J'avais pourtant vécu avec cette femme, et je la cherchai partout dans le passé qu'effaçait de ma mémoire le visage qu'elle m'offrait à présent, gêné, hostile, plus hostile que gêné, incompréhensible. Mon amour, en ces instants, se réduisait à un savoir, et je luttai contre elle au nom de ce savoir, cherchant dans son regard l'amour que je n'y voyais pas, peut-être tout simplement caché derrière, comme d'habitude, me dis-je. En creusant un peu, non ?

C'était du reste un visage creusé qu'elle me présentait, et qui, songeai-je, finirait bien par se découvrir, au-delà du feu des joues et du feu froid du regard qui était celui de la fièvre et du refus de cette fièvre, et du refus de moi qui la rendait malade, face à moi. Et ses mots aussi vont revenir, me disais-je, ses précieux mots d'avant et même d'aujourd'hui quand elle m'aime, quand elle sent que je l'aime et qu'elle me laisse l'aimer, qu'elle se laisse aller à m'aimer, alors aime-la, me dis-je, aime-la mieux qu'elle, sois plus fort qu'elle. Écoute, lui dis-je.

Tu pourrais demander une autre chambre, me coupa-t-elle, très calmement.

Je le pris mal. Je lui fis observer qu'elle exagérait. Je ne lui rappelai pas, au demeurant, que mon amour impliquait ma présence. Voire mon contact. Que c'était une petite contrainte à laquelle j'eusse préféré qu'elle se pliât. J'évitai également de lui faire part d'une dérisoire question d'orgueil : j'appréhendais de me présenter à l'accueil pour demander une seconde chambre.

À moins que je ne lui dise non, après tout, songeai-je. Et que je me couche près d'elle. Ah mais.

C'est plutôt la nuit qu'on risque de passer, dans ces conditions, me tempérai-je.

Tu me mets dans l'embarras, lui dis-je. Tu ne m'aimes plus ?

Mais non, me dis-je. C'est toi qui dois l'aimer. Tu sais bien. Et non douter d'elle. Imbécile. Ça t'a échappé.

Et alors, me repris-je. Ça peut bien t'échapper, de temps en temps.

Ce qui m'ennuie davantage, c'est ce qu'elle va me répondre. Et je le sais. Ça n'est pas la question. C'est exactement ce qu'elle va me répondre.

Si, me dit-elle.

Bon, me dis-je.

Sauf qu'elle avait toujours l'air de m'en vouloir.

Bon, lui dis-je. Je suis désolé pour ce rhume. Je ne te l'ai quand même pas inoculé avec une seringue.

Ça n'est pas la question, me dit-elle.

Ah, me dis-je. Je savais bien qu'à un moment quelconque quelque chose ne serait pas la question. Preuve qu'il existe bien une question.

Une autre chambre, répéta-t-elle. Ça devrait être possible.

Elle était de plus en plus calme. La voix lente. Prête à se rendormir.

Non. Elle dormait.

Le sommeil aussi peut être une violence. J'ignorais que cette femme pouvait être à ce point violente. Elle ne m'avait jamais congédié par le sommeil. C'est nouveau, me dis-je.

Je la regardai. Elle va être mal, comme ça, assise, songeai-je. Je devrais trouver la force de la déplacer.

Je trouvai cette petite force-là. Puis cet autre courage, mais ce n'était pas du courage, c'était une décision, de quitter la chambre.

L'hôtelier était là, derrière son comptoir. Il lisait.

Vous ne dormez pas, lui dis-je.

Non, me dit-il. Il n'est que vingt-deux heures. Ça va ?

Très bien, dis-je.

J'avais emporté ma trousse de toilette. Je la posai sur le comptoir.

J'aurais besoin d'une chambre.

Il me sourit aimablement, attendit un peu.

Vous avez d'autres chambres, dis-je.

Oui, me dit-il. Il y a un numéro que vous préférez ?

Non. Au même étage, peut-être.

La 29 ?

Parfait.

Il posa la clé sur le comptoir. Je la ramassai.

Vous avez dîné ? me demanda-t-il.

Oui, dis-je. Merci.

Bon, dit-il. Ça va aller ?

Oui, dis-je. Bonne nuit.

Bonne nuit.

Il se replongea dans son livre. Je me dirigeai vers l'ascenseur. J'aurais bien voulu savoir ce qu'il lisait. J'avais oublié de prendre mon livre à moi en quittant Laure. Mais je n'avais pas envie de lire. J'avais envie de savoir ce que l'hôtelier lisait. Ce barbu, avec sa femme ronde. Et les autres, aussi. Tous les autres. À ce moment précis. Dans tous les hôtels de la terre. S'ils ne lisaient pas, peut-être dormaient-ils. Peut-être certains faisaient-ils exactement comme moi. Je pensai à tous ceux qui prenaient une seconde chambre. On était peut-être plusieurs centaines au monde, à ce moment. On formait plus qu'un groupe. Une population, statistiquement. On était dispersés, voilà tout. Sans liens, sans moyen de se joindre. Seuls. Ce n'était même pas la peine d'y penser. Je gagnai la chambre 29. Elle était plus petite que la 25. Une chambre pour homme, pensai-je stupidement. Pour hommes comme nous, corrigeai-je. Tiens, ils nous ont mis du papier à fleurs. Les salles de bains ne sont pas si mal. On se voit mieux dans la glace que chez soi.

J'ouvris le lit. La nuit s'installait, pas moi encore. Je me préparais. Je ne savais pas à quoi. À tout. À l'exagération. À l'excès. Au non-sens. Au mystère du lendemain. Le mieux ce serait de dormir, me dis-je.

Je me couchai. Je contemplai la chambre 29, éclairée par l'applique à droite du lit, du côté où je dors. Il faisait noir par la fenêtre, dont je n'avais pas tiré les rideaux. Le jour ne me gêne pas, pour dormir. J'ai un bon sommeil de toute façon. En outre, on n'est pas obligé de dormir toutes les nuits, me disais-je. Certaines nuits, il vaut peut-être même mieux ne pas dormir. On raconte beaucoup d'histoires sur le manque de sommeil.

Je pensai quand même à la route, le lendemain. Je nous imaginais en voiture, Laure et moi. Laure beaucoup mieux, mais toujours là, contente que la fièvre soit tombée et que je sois là, moi, passé l'alerte. Tout reprend. Retour de mes mouchoirs dans ma poche. Éternuements résiduels. Toux plus grasse, mais justement. Ça s'arrange. On ne parle même plus de guérison, il ne s'agit pas de maladie, le rhume n'est pas une maladie, c'est une gêne, ce n'est rien. Ce n'était rien, dirais-je, tu vois.

Elle acquiescerait. Sa main viendrait dans la mienne.

Je fermai les yeux. Il se passa autre chose.

Je revis absolument tout. La rencontre, d'abord. Les regards. Les premiers mots. Les premiers gestes. Les premières fois.

La première fois qu'on marche.

La première fois qu'on dîne.

La première fois qu'on part.

On les avait comptées, les premières fois. Au début. Après, c'était devenu plus complexe. On se trompait. On n'était pas toujours d'accord. Je me souvenais aussi de notre premier désaccord. Le premier jour. Elle ne voulait pas me revoir tout de suite.

J'étais fatigué, maintenant. Je ne rouvris pas les yeux. Ma chambre, j'en avais fait le tour.

Le matin vint plus vite que prévu. Enfin, je ne l'avais pas prévu vraiment. La lumière était là. C'était donc le lendemain, très tôt. Dans la mesure où je ne m'en souvenais pas, mais où je m'éveillais, j'avais sûrement dormi quelques heures. Je me sentais en forme. De toute façon, je ne suis jamais désespéré le matin. Sauf exception.

Je me levai. Trop tôt pour déjeuner, je n'obtiendrais pas de café si je descendais. Autant, me dis-je, prendre une douche et m'habiller. Ce que je fis, sous un tiède jet dru, la tête comme lavée, déjà, de l'intérieur. Pas de traces de la veille. Moi, dans cette salle de bains, certes, puis de nouveau dans cette chambre, me vêtant, seul. Une femme, ensuite, bon, la mienne, qui dormait à l'étage. Bien, me dis-je. Bien.

Je vivais donc avec elle. Cette femme à l'étage. Je l'aimais. Elle aussi. Nous étions partis ensemble, la veille, pour rejoindre un ami qui fêtait son anniversaire. Le cinquantième. Philippe. Trois cents kilomètres encore.

Une femme dont je devais prendre des nouvelles, n'est-ce pas. Ah oui. Qui m'avait congédié la nuit dernière. Bah. Je n'avais pas si mal dormi. Je n'étais plus si inquiet pour sa fièvre. Je ne crois pas trop à la fièvre, le matin.

J'avais comme un début d'envie de chanter quelque chose. Un air qui me revenait, pas extraordinairement mélodieux, je n'insistai pas. Je descendis. Le hall de l'hôtel était silencieux. On n'entendait que les premiers oiseaux par une fenêtre entrouverte. Les premiers oiseaux et rien d'autre, si, un camion, ou un avion, je ne sais pas, c'était passé. Je sortis sur le perron, je distinguai de la rosée sur les fleurs. Il faisait déjà doux. Le ciel était blanc encore, avec un soleil rouge entre les arbres. Je m'engageai dans l'étroite allée qui part du perron et qui, en marge de la zone de parking, serpente au mileu d'une pelouse jusqu'à la route. Une départementale, au revêtement craquelé, au milieu bombé, avec, à cent mètres de là, déjà, des champs et, un peu en hauteur, des bois. Pas de voitures. Derrière moi, l'hôtel. La chambre 25. Je n'avais pas besoin de me retourner. Je savais que Laure se trouvait là, dans un état que j'ignorais. Ainsi que l'hôtelier. Qui a peut-être terminé son livre, me dis-je.

Je me retournai, finalement. Je regardai l'hôtel. J'aurais pu y vivre. Avec elle, j'entends. Un hôtel avec perron et du gravier devant, m'avisai-je. En plus de la pelouse. Et les tables en tôle. Et les fenêtres à petits carreaux. Fleuries, pas trop.

J'y rentrai, à l'hôtel. Toujours trop tôt pour déjeuner. Je restai un peu à l'accueil, à regarder les murs, la perspective sur la cour, derrière, par la porte vitrée qui fermait le couloir à l'autre bout avec ses rideaux à embrasses. On voyait un pan de toit sur la gauche, le haut d'un tas de bois, une rangée de tilleuls. Il y avait un fauteuil dans le hall, au bas de l'escalier. Je m'y assis, incapable de réfléchir. Presque plus envie de café. Besoin de rien. J'écoutai les bruits. Il n'y avait que mon livre qui me manquait. Je l'aurais voulu près de moi, fermé.

J'avais dû m'endormir. La petite femme ronde était là, pas si petite, d'ailleurs, ni si ronde, assez jolie, sa bouche, par exemple. Café ? me dit-elle. Et comment ! dis-je en me levant.

J'entrai dans une pièce de dimensions réduites, avec des sièges rouges à dossier courbe, des nappes en tissu rose, des ramequins blancs emplis de petits parallélépipèdes de beurre. Je n'étais pas seul, il y avait un homme, pas facile à décrire, cet homme, matinal, certes, c'était déjà ça, seul, également, avant que je n'arrive, mais toujours seul après mon arrivée, sans femme, je veux dire, mais pas comme moi, bien sûr, venu sans femme, lui, enfin on pouvait le supposer, en attendant c'était toujours un homme seul, en somme, en face de moi, qui ne semblait pas se poser les mêmes questions me concernant, un homme qui se suffisait à lui-même, peut-être, assez différent de moi, imaginai-je, et d'ailleurs il ne m'avait jeté qu'un bref coup d'œil avant de se repencher sur son bol. Bon, me dis-je, et j'allai cueillir un croissant dans un panier, me versai un verre de jus d'orange. Puis le café vint, apporté par l'hôtelière. Je terminai de déjeuner, l'homme se rebeurrait une tartine, ça m'énervait un peu d'avoir fini avant lui, qu'est-ce qu'il fiche, me disais-je, il n'est quand même pas en vacances, ce type, pas ici, qu'est-ce qu'il attend pour se lever, en tout cas moi rien, plus rien, maintenant, et je me levai, et bon, je ne l'aimais pas beaucoup, cet homme, non, je n'avais pas la moindre sympathie pour lui, je n'avais même pas envie de l'interroger sur son malheur personnel, parce qu'il en vivait un, bien sûr.

Je montai donc voir Laure, moi, c'est comme ça, je devais monter la voir, chacun ses affaires.

La chambre était silencieuse. Je m'avançai vers le lit, où, sous les draps, je distinguai nettement le relief d'un corps qui devait être en bonne logique le sien.

Les draps bougeaient. Le corps de Laure, donc. Parcouru de tremblements. Je n'avais jamais vu Laure trembler. C'était bien elle, pourtant. Elle ne dormait pas, cherchait le sommeil. Recroquevillée, comme si elle eût tenté de se contenir. Je lui touchai l'épaule.

Son épaule était chaude. Elle ne réagit pas. Ne me repoussa pas. Je l'appelai doucement. Elle continua de trembler et je constatai quelque chose, mais je n'y étais pour rien. Je n'ai jamais fait claquer les dents de personne.

Je redescendis à l'accueil. Je trouvai l'hôtelier, et non sa femme, c'était mieux. Je lui demandai les coordonnées d'un médecin.

Ça ne va pas ?

Ma femme est malade. Elle claque des dents.

Il me jeta un drôle de regard. Comment, y lus-je, avez-vous fait pour laisser votre femme seule cette nuit, dans ces conditions ?

Les questions muettes, merci. Je ne répondis

rien. L'hôtelier d'ailleurs n'insistait pas. Il consultait une fiche, composait un numéro, me passait le combiné.

Je tombai sur une secrétaire. Une voix comme préenregistrée, avec un texte standard, qui ne semblait pas s'adapter à la situation. Je la lui précisai. Expliquai que ma femme ne pouvait pas bouger. Quand on tremble. Comment ça ? dit-elle.

Je dus décrire. Les dents aussi ? dis-je. Je vous passe le docteur, dit-elle.

Je l'eus, le docteur. Il viendrait. Ce n'était pas dans ses habitudes. En somme, j'étais un privilégié. Comptez quand même une heure, dit-il.

Je remerciai l'hôtelier et remontai dans la chambre. Laure tremblait toujours. J'ai froid, me dit-elle. Toujours recroquevillée, tournée vers la fenêtre. J'allai dans la penderie chercher des couvertures. J'en trouvai deux, que je doublai puis superposai sur celle qui était en place. Après quoi je me couchai contre elle, dans son dos, sous les couvertures. Un médecin va venir, murmurai-je.

Mon bras droit reposait le long de nos corps, un peu coincé sous mon corps à moi, le bras gauche enveloppant Laure du mieux possible, composant avec l'obstacle de ses jambes ramenées vers elle, échouant à l'étreindre, voire à toucher d'elle quelque zone où l'os ne se fît pas sentir. Elle tremblait toujours, et ses dents, quand elles cessaient de claquer, se serraient, comme je la serrais en songeant que je me révélerais plus fort que la fièvre, plus chaud, que je parviendrais à vaincre le froid qui la prenait. Laure n'était plus qu'un corps, à ce moment, m'apparut-il, elle ne pensait à rien, imaginai-je, et je la sentais s'échapper de mes bras, en fait, me fuir de l'intérieur en ne me laissant que sa peau, ses muscles raides, sa chaleur factice, de sorte que, pour la première fois, il me semblait que nous avions un rapport exclusivement physique, animal, fondé non sur l'attirance mais sur la nécessité. J'avais un peu envie d'elle, au vrai, maintenant, elle était trop ailleurs pour en prendre conscience, ou bien elle n'en tenait pas compte, pas le moment, devait-elle penser, si elle pensait quelque chose, et moi-même je ne pensais plus, finalement, sauf aux imprévus, au temps que le médecin mettrait à venir, et surtout pas à moi tenant Laure serrée, au fond, non plus qu'à moi la désirant quelques secondes plus tôt, c'était fini, ça, je ne désirais rien d'autre qu'être chaud et vivant pour elle, en attendant, comme j'avais attendu cette nuit, comme j'attendais encore, un médecin, cette fois, rien d'elle, je ne savais plus rien d'elle, n'attendais rien d'elle qui m'échappait par la pensée et par le corps, je faillis même m'écarter mais je me dis que non, que cela aussi je le devais, la tenir dans le silence, dans l'ignorance de tout.

Il y avait eu quelques secondes de répit, tout de même, où Laure avait paru s'apaiser et où j'avais croisé le sommeil, avant qu'il ne s'en fût, qu'il ne retournât d'où il venait, narguer ma nuit trop blanche. Je commençais à sentir la fatigue, donc, quand le téléphone se fit entendre. Enfin, me dis-je. C'était bien lui, le médecin, qui était là, m'informait l'homme à barbe, il monte. Merci, dis-je.

Je me levai pour l'accueillir. Laure s'était remise à trembler et à claquer des dents, elle pouvait y aller, maintenant, ça ne durerait plus, quelqu'un venait pour que ça cesse.

Un peu vieux, peut-être, un peu courbé, ça ira quand même, me dis-je. Entrez, lui dis-je. Vous pouvez attendre dans le couloir ? me pria-t-il quand je l'eus conduit jusqu'au lit, qu'il aurait de toute façon trouvé, de sorte que je me sentis bête, mais ce n'était pas grand-chose, d'autant que s'il m'avait demandé, pour la température, je n'aurais pas su. Qu'ils se débrouillent donc tous les deux, me dis-je.

Une fois dans le couloir, j'attendis. J'avais l'impression que ma vie devenait une modulation de l'attente, j'étais d'ailleurs prêt à attendre très longtemps, au point où on en était, et même je commençais à me demander si je souhaitais autre chose qu'attendre, si je ne devais pas espérer que ma vie se suspendît, tout simplement, et que Laure ne parlât plus, jamais, et qu'à la fin de sa fièvre succédât une silencieuse convalescence, une longue passivité qui me laisserait libre de ne rien faire non plus, d'attendre infiniment, à savoir au fond de ne plus rien attendre, de ne rien envisager que rester auprès d'elle, dans un éternel ajournement.

Quelque chose cependant m'empêchait de rester dans le couloir. Peut-être parce que c'était le lieu de cette attente-là, quand d'un instant à l'autre le médecin va sortir, et que je ne voulais pas de cette attente-là, non, je ne voulais pas attendre le médecin, je n'étais pas persuadé que c'était lui que j'attendais, c'était plutôt Laure, en fait, et donc ça m'énervait ce couloir, et je descendis une nouvelle fois à l'accueil.

L'hôtelier était là. Il était souvent là. Il doit se contenter d'attendre, lui aussi, me dis-je. Pas le client, non, simplement que la vie passe, et peut-être le meilleur moyen pour lui de la voir passer est-il de rester à l'accueil, le nez dans son livre, toujours ouvert, ce livre, donc, toujours le même, il lit lentement, me dis-je, il doit s'appesantir sur les mots. Je le comprenais, moi-même souvent je faisais durer mon livre, pour que chaque phrase conserve son poids dans ma mémoire, ou même un bout de phrase, toujours est-il que l'hôtelier me vit arriver et qu'il m'adressa un regard rond, comme si après les lettres il accommodait sur un visage, étrécissait la pupille, faisait le point sur moi.

Alors ? me dit-il.

J'attends, dis-je.

Mon aveu ne parut pas le surprendre. Ma présence, si. C'était un homme assez peu bavard, au fond, mais au regard très parlant, du moins pour moi, cet homme me parlait, oui, et ce qu'il me disait sans me le dire, maintenant, c'était que, peut-être, c'était moi, du moins en trahissait-il le soupçon, ou l'interrogation, c'était moi qui avais rendu ma femme malade, en la laissant seule cette nuit, hypothèse que, du reste, il semblait porté à vérifier dans ma présence ici, auprès de lui et non à l'étage, présence qu'il jugeait, me semble-t-il, désinvolte. Et, au lieu de penser qu'il aurait dû se mêler de ses affaires, et non lever le nez de son livre pour me jeter ce regard-là, je me sentis obligé de composer face à lui, et de trouver un prétexte pour abréger la visite impromptue que je lui faisais afin de remonter à l'étage, sachant qu'évidemment je ne pouvais pas considérer que c'était lui qui m'y poussait, que je ne pouvais pas figer son regard dans une signification sans avoir la confirmation de ce que j'avançais, et que par conséquent il s'agissait de ma seule décision.

Je crois qu'il vaut mieux que je retourne à l'étage, dis-je. Excusez-moi.

À l'étage, le couloir était silencieux, puis une porte s'ouvrit, mais ce n'était pas la nôtre, un homme parut qui me croisa pour se diriger vers l'ascenseur avec une mallette. C'était l'homme du petit déjeuner, qui s'est enfin décidé à agir, me dis-je. Au même moment, je vis que sur les murs s'espaçaient régulièrement de délicates compositions de paysages, et ce fut, d'un coup, comme si l'hôtel s'humanisait, chaleur du décor, donc, clientèle, même si elle part, la clientèle, justement, elle est normale, la clientèle, je me sentis un peu moins seul.

Je n'attendis plus très longtemps. J'avais à peine commencé d'arpenter l'étage que la porte de la chambre 25 s'ouvrit, ne livrant pas à proprement parler passage au médecin, qui s'inscrivit seulement dans l'entrebâillement, à mi-corps, jetant un regard inquisiteur de part et d'autre du couloir. À sa position, je compris qu'il m'invitait à le retrouver dans la chambre, et, l'âme contrastée, sujette à des états qui se succédaient sans vraiment se combattre, se mêlant parfois, ou s'empilant, plutôt, comme si j'eusse été le siège d'une accumulation, sans aucune possibilité d'exclure quoi que ce fût, inquiétude, acceptation, sensation de chute ou simple avancée au-dessus du vide, je le rejoignis, tandis que derrière moi c'est lui qui refermait la porte.

Laure ne tremblait plus, elle était très calme, allongée sur le dos, les yeux au plafond, les cheveux collés sur les tempes, avec de grands cernes que je ne lui connaissais pas. Je lui ai fait une piqûre, me dit le médecin, ça va aller, il lui faut du repos, maintenant, et des médicaments, elle doit commencer le traitement le plus vite possible, rien de très grave, je vous rassure, mais toute la région laryngo-pharyngée est sérieusement infectée, elle ne doit sauter aucune prise, appelez-moi s'il y a un problème. Vous restez dans la région ?

Heu, dis-je, et je sortis mon chéquier.

Bon, dit-il à peine plus tard. Je retourne à mes malades.

En effet, Laure n'était pas sa malade, c'était la mienne, et, quand il fut sorti, je me penchai sur elle, je ne savais pas quoi lui dire, là, tout de suite, il faut que tu te reposes, me décidai-je. Je vais aller chercher les médicaments.

Je la quittai d'autant plus aisément qu'elle n'avait rien répondu, rien dit, rien exprimé du regard ni du geste, et qu'en restant plus longtemps je me fusse peut-être exposé à une réaction de sa part, réaction que je craignais, comme je craignais tout d'elle depuis la veille, en vérité, de sorte qu'il n'est pas exclu d'imaginer que je pris la fuite, provisoirement, nanti de l'ordonnance du médecin et d'un projet, impossible à remettre, qui était de rapporter les médicaments. Je sortis, repassai devant l'accueil désert, cette fois, ce dont je ne fus pas fâché, l'hôtelier me convenant certes comme témoin de ma vie mais avec des pauses ça n'est pas plus mal, me dis-je, et puis je ne voudrais pas trop l'user, cet homme, on ne sait jamais.

Les pharmaciens étaient là, eux, comme la veille, et ils me reconnurent. Physionomistes, sans doute, et du reste il ne passait pas grand monde, dans leur boutique, mais enfin je ne leur avais acheté que de l'aspirine et un thermomètre, ils avaient pu l'oublier, pensai-je, et même m'oublier moi, or non. De surcroît, ils ne se contentaient pas de me reconnaître, ils ne trahissaient aucun étonnement, comme s'il était normal de revenir après leur avoir acheté de l'aspirine, normal que les choses se fussent aggravées, j'entends. Ils voyaient bien que j'étais soucieux, et donc ils semblaient trouver logique que je revinsse, logique que je fusse soucieux, et pourtant il n'y avait aucune compassion dans leur regard, il y avait au contraire comme une validation de mon problème, une acceptation sereine, immédiate, antérieure, même, me dis-je, à mon retour. Ils se montrèrent d'ailleurs très gentils, très efficaces, comme la veille, pour me servir. En outre il ne leur manquait rien, le sac fut un peu plus gros, voilà tout, qu'ils emplirent à mon intention, un peu plus lourd, donc, quoique j'eusse de nouveau la sensation de porter quelque chose qui ne pesait pas, à cette différence près, comparativement à la veille, que je m'habituais à cette étrangeté, à cette singularité du transport de produits pharmaceutiques dans un village où il me semblait non pas tant m'installer que m'attarder, comme dans une zone de transit où j'eusse attendu qu'on me délivrât quelque passeport, quelque papier qui m'eût permis d'être en règle. Et c'était d'ailleurs ce qui se produisait, là, avec cette ordonnance, je faisais ce que je devais faire, pas d'inquiétude, donc, me dis-je, tout s'enchaîne normalement, en somme.

À l'hôtel, pas d'hôtelier, c'est une longue pause, pensai-je, on me laisse me débrouiller, je comprends, je comprends, je repris le chemin de la chambre 25. J'ouvris la porte, je me dirigeai droit sur Laure, qui dormait. Je lui préparai ses premières prises d'antibiotique et de fluidifiant, cachet, sachet, verre d'eau, puis je la secouai, elle s'éveilla, avale ça tout de suite, lui dis-je.

Elle obtempéra, silencieuse d'abord, puis me rendit le verre, bon, dit-elle, je vais dormir, mais je voudrais que tu prennes tes dispositions, je voudrais que tu t'arranges pour me laisser, je sais que c'est un peu brutal mais je voudrais que tu partes, que tu continues sans moi, j'ai vraiment besoin que tu ne sois pas là, pas d'être seule, non, mais sans toi, sans ton regard, sans ta présence, sans tes questions, sans ton aide, sans tes soins, sans ton amour, n'ajouta-t-elle pas, je peux très bien me débrouiller – tiens, elle aussi, me dis-je –, de toute façon je ne veux plus aller à cet anniversaire, ça m'ennuie, ça va me fatiguer, Philippe me fatigue, je suis fatiguée.

Je n'avais pas prévu ça. Qu'elle ne veuille plus voir Philippe. Moi, encore. Mais Philippe.

Tu ne veux plus aller là-bas ? dis-je.

Non.

Et Philippe ?

Il va s'en sortir sans moi, Philippe, me dit-elle.

Et toi ?

Je m'aperçus que j'avais oublié de parler de moi. J'y viendrais.

En attendant, elle ne répondait pas. Elle avait l'air fatiguée, en effet. Elle avait beaucoup trop parlé.

Tu parles beaucoup trop, de toute façon, repris-je. Ce que tu voudrais, si je comprends bien, c'est que je te laisse ici, malade, à l'hôtel, à trois cents kilomètres de chez nous, et puis quoi ? Qu'est-ce que je fais, moi, si je ne t'aide pas ? Qu'est-ce que ça veut dire ? Tu vas te nourrir comment ?

Je n'ai pas faim, me répondit-elle. Ne t'inquiète pas. Je vais me soigner. Il y a des gens, ici.

Je pensai à l'hôtelier, en effet, quoique je le visse plus proche de moi, cet homme, à la rigueur, que d'elle. Non qu'il eût été incapable de s'occuper de Laure, bien sûr, au contraire, enfin je n'allais pas en faire une question d'affinités, non plus. Et alors je te laisserais, dis-je, et tu rentrerais comment ? Après la fièvre.

En voiture.

En voiture, répétai-je. Tu garderais la voiture ?

Oui, dit-elle. J'aurais juste besoin de la voiture, évidemment.

Et donc, dis-je.

Elle clignait des paupières.

Et donc, repris-je, qu'est-ce que je fais, moi ?

Tu vas à Braz, me dit-elle d'une voix qui luttait

contre mes questions, contre le sommeil, contre la fièvre. Tu y vas pour l'anniversaire de Philippe. Ce soir. Tu prends un train pour Quiberon. Tu te débrouilles. Tu le fais pour moi. Maintenant. S'il te plaît. Je ne t'ai jamais rien demandé.

Exact, dis-je.

Elle dormait.

Je n'en revenais pas. Elle m'avait demandé quelque chose. Il s'agissait de m'éloigner d'elle, bien sûr. C'était spécial.

Très spécial.

Bon, me dis-je.

Je vais lui faire trois courses, songeai-je. Pour combien de jours ? Va savoir. Pour trois jours, bien sûr. Pourquoi trois jours ? Je ne sais pas. Si. Personnellement, je ne suis jamais malade plus de trois jours. Voilà. De toute façon je vais l'appeler. Je vais lui laisser le portable.

Parce qu'on avait un portable pour deux, donc. Pas pour s'appeler. Pour les autres. Qui l'appelaient elle. Je l'appellerai moi aussi. D'une cabine. Tout à l'heure. Quand je serai parti.

Quand je serai parti. Il y a des avenirs qu'on se représente, d'autres non. Je me sentais un problème naissant avec l'avenir. Un problème d'élan. De sens, aussi. De direction. Et pourtant. J'en avais une. Je n'en voyais pas d'autre pour rejoindre Laure.

C'est un peu loin, quand même, m'avisai-je.

Un peu long.

Il y a Philippe, bien sûr. J'étais assez d'accord pour y aller, chez Philippe. Avec elle.

Sans, je ne sais pas.

Quoique.

Sans elle je sais quoi faire.

Où aller.

Pour elle, en somme.

Pour moi, aussi.

Pour lui, à la rigueur.

Plutôt que.

Je ramassai mon sac, jeté depuis la veille au milieu de la chambre. Je lançai un coup d'œil à Laure, la femme que j'aime, me dis-je. Malade, en plus. Je n'ai pas du tout envie de la quitter. Je la quittai.

Je ne voulais pas lui dire au revoir. Je préférais l'appeler. Elle ne me verrait pas. Ça l'aiderait, peut-être. Ça m'aiderait.

Et alors ? me dit l'hôtelier, qui n'avait pas attendu que je lui fisse signe que j'étais là. Il m'avait vu venir, comme les pharmaciens. Ça se présente comment ?

Mal, dis-je.

C'est la première fois que j'ai une malade dans l'hôtel, me dit-il. Alitée.

C'est la première fois que ma femme est malade, lui répondis-je. Et qu'elle s'alite. Elle ne le prend pas bien. Je ne vais pas rester.

Pas rester où ?

Ici. Dans l'hôtel.

Vous ? dit-il.

Oui, dis-je, moi. Pas elle. Elle va rester, elle. Je préfère. Elle préfère. On préfère.

Et donc vous partez, résuma l'hôtelier.

Donc je vais partir, oui, expliquai-je. Je ne sais pas encore comment.

Il ne parut pas comprendre.

Je lui laisse la voiture, dis-je.

Vous ne restez pas, dit-il.

C'est ça, oui, dis-je. Non. Je ne reste pas. Elle a besoin que je parte.

Bon, ça ne me regarde pas, fit l'hôtelier. Moi.

Il levait les bras de nulle part, je ne me rappelais déjà plus d'où il venait de les sortir, de dessous ou de dessus le bureau. Pas de son livre, en tout cas. Il n'y avait aucun livre, sur le bureau. Il l'avait peut-être fini, son livre. Il ménageait peut-être une pause avant le prochain.

Je vais à Braz, expliquai-je. Il n'existerait pas

un train pour Quiberon, à Laval ? Ou même pour Vannes ?

Sans livre, je le sentais désarmé. Comme s'il n'avait pas ses références sous la main.

Si, peut-être, dit-il finalement. Je ne sais plus. Je ne me déplace pas. Vous pouvez appeler la gare. Vous pouvez retourner sur Le Mans, aussi. Je vais vous passer l'annuaire.

Encore un livre, me dis-je.

Merci, lui dis-je.

Il me tendit l'annuaire, que je feuilletai. Je ne vis rien. Je ne voyais rien. Je ne trouvais pas. Je n'arrivais pas à me concentrer.

Je refermai l'annuaire, le lui rendis.

De toute façon, je vais me rendre à la gare, dis-je. Laval est à combien de kilomètres ?

Quarante-cinq, dit-il. En admettant qu'on trouve un taxi, ajouta-t-il en posant une main sur son téléphone, si vous n'êtes pas trop pressé, ça risque d'être long. Et cher.

Il semblait envisager réellement mon départ. Moi aussi. On était deux, donc. Trois, même. C'était encourageant.

Évidemment, il me mettait aussi dans l'embarras. Je ne suis pas très riche. Même pas aisé. Du reste, l'argent n'a jamais été un problème pour moi. Je sors peu. Je loue rarement deux chambres d'hôtel.

Tout ça devait se voir.

Je peux vous amener jusqu'à la nationale, dit-il. C'est à quinze kilomètres d'ici.

Je le remerciai mais je ne saisissais pas. Puis je compris. Il voulait m'amener au bord de la nationale. M'y laisser, donc. Le pouce en l'air, si je suivais bien.

Bien sûr, c'était très loin de moi, le stop, ça remontait à mes dix-huit ans, et je dus faire un effort considérable pour établir un lien quelconque entre cette période et ma situation présente. J'éprouvai une vive sensation de régresser.

Je voulus la combattre, cette sensation. Et, pour la combattre, je ne vis qu'une chose, au demeurant assez logique, et qui de surcroît se présentait dans le même temps à moi : avancer. Spatialement. Me retourner le moins possible. Pas du tout, même. Dans un premier temps.

Je laisse Laure, donc, me dis-je.

Pour l'instant.

Vous pourriez m'emmener maintenant ? lui dis-je.

Il leva les yeux, comme si la réponse à ma question s'était trouvée inscrite au ras de mon crâne, un peu au-dessus, en arrière, sur le mur du couloir, ou vers la naissance de l'escalier.

Maintenant, oui, me dit-il. Mais alors tout de suite. Vous avez votre sac ?

Il était à mes pieds, mon sac, mais je vérifiai quand même.

Oui, dis-je. Attendez, ajoutai-je. J'aurais voulu faire quelques courses.

Comment ça ?

Pour elle.

Ah, dit-il. Je m'en arrange.

Merci, dis-je. Pas de viande. Si possible.

Ne vous inquiétez pas.

Il se leva, contourna le comptoir.

On y va ?

Il me passait déjà devant. Je le suivis vers la sortie en me demandant où était sa voiture. Il y avait trois voitures, dehors, sur le parking, dont la mienne. Mais c'était moins sa voiture, au fond, que je cherchais à imaginer, que lui-même au volant. Il n'y avait pas de volant à son comptoir. Pas de roues, non plus. C'était fixé au sol, tout ça.

Or c'était la plus récente. Des trois. La voiture la plus récente. Comme quoi. Elle était climatisée. Il la conduisait bien. On ne croisait pas grand monde, sur la D 24. On était partis, en somme. Un air frais me tombait sur la gorge. J'orientai la grille d'aération vers le bas. J'aperçus trois vaches.

On n'a pas trop de circulation, par ici, me dit-il, mais ça va changer, vous allez voir.

Je ne sus pas quoi lui répondre. Lui-même ne parvenait pas à enchaîner. Je crois que nous partagions notre gêne. Ce n'était pas rien.

On sait qu'à la campagne les kilomètres défilent vite, en un sens. Un petit village avec ses ralentisseurs, un léger encombrement plus loin, au croisement avant la pompe du Codec, et le reste du temps ce sont des arbres, des champs, deux ronds-points avec au milieu une charrette emplie de fleurs ou n'importe quoi de figuratif ou encore d'abstrait qui retient l'œil, le temps qu'on tourne, et on y est. On n'a même pas eu le loisir de réfléchir. De toute façon pour moi ça allait vite. Très vite. J'aurais voulu avoir échangé trois mots avec mon hôte, quand même. Il faut croire que ça n'était pas possible. On en était tout de suite aux adieux.

Bon, me dit-il en me tendant sa main.

Merci encore, dis-je.

Je n'avais pas bougé de mon siège. La nationale, je la voyais, on était au bord, plus tout à fait perpendiculaires à elle, passé le feu rouge, dans le tournant. En face, on vendait des luminaires et des sièges en cuir.

Vous ne pourriez pas me déposer un peu plus loin ? dis-je.

Au contraire, me répondit-il. Vous êtes dans la zone commerciale, ici. Il y a beaucoup de gens qui s'arrêtent, regardez.

Je vois, dis-je. Mais je préfère les arrêter moi-même.

Il dut me trouver compliqué.

C'est comme vous voulez, me dit-il. Je vais vous déposer un kilomètre plus loin.

Merci.

Un kilomètre plus loin, on ne vendait plus de fauteuils. Les voitures ne stationnaient plus. Il n'y avait pas non plus de feux rouges. C'était à nouveau les champs. On avait largement dépassé la station-service. Il n'y avait rien, en fait. Que la route. Et moi. Et pas de cabine téléphonique.

Je tripotai dans ma poche ma carte de téléphone. Je n'enregistrai, à proximité, aucune présence humaine. Habitées, les voitures qui me passaient sous le nez à grande vitesse l'étaient, sans doute, mais leurs conducteurs n'avaient pas de visage. Je commençai d'ailleurs par les ignorer, soucieux de faire le point, notamment sur les raisons pour lesquelles j'en étais arrivé là, seul, au bord de cette route, à tripoter ma carte de téléphone.

Je faisais mal le lien, en fait. En tout cas, j'y étais. Et je devais téléphoner à Laure, lui dire au moins que je n'étais plus là, qu'elle ne s'inquiète pas à l'idée de ne pas me trouver à son chevet. À l'idée de m'y trouver, pardon. J'avais juste peur de la réveiller en l'appelant. Il valait mieux que j'attende.

Je n'avais d'ailleurs pas le choix. Commercy, le bourg que l'hôtelier m'avait aidé à dépasser, était bien loin avec ses cabines. Ou sa cabine. Peut-être en panne, du reste. De toute façon, il était exclu que je revienne sur mes pas. J'avais un chemin à faire, dans une direction définie. J'appellerais Laure plus loin, plus tard, au bon moment.

Eh bien, me dis-je. Allons. Fais-leur signe. Tu dois le faire. Cesse de contempler le paysage, c'est à peine crédible. Il n'y a pas de paysage. Ces champs, face à toi, ressemblent à tous les autres. Il n'y a même pas de colza pour le contraste, et on ne peut pas parler de patchwork. Aucun rolling ball posé sur la brosse des blés. Je dis blé, je ne sais pas ce que c'est. Je m'en fous. Je veux bien reconnaître qu'en revanche il y a du ciel. Un beau grand ciel bleu avec des nuages, tout ça clair et net, et chaud, pas trop, à cause de cette brise qui se lève. Ou qui s'est levée, je ne sais plus. Un temps idéal. Et moi, donc, qui observe le flux. Assourdi. Soûl. Fouetté par les déplacements d'air. Avec mon sac à la main, encore. Je n'arrive pas à le poser.

Si. Je le pose. Le genre de type qui ne peut pas continuer comme ça. Trop chargé. Il lève le bras. Le genre de type qui réclame de l'aide. À personne en particulier. Et qui ne fait pas ça pour le plaisir. Ça ne l'amuse pas. Il préférerait nettement être ailleurs. Justement. Il aimerait bien qu'on l'emmène ailleurs.

C'est un homme en difficulté, relativement. Il ne va pas mourir. Bien habillé, du reste. Correct. On voit bien qu'il est là par hasard. Le mouvement du bras, ce n'est pas ça. Enfin, si. C'est de l'intérieur, que ça bloque. Mais, de l'extérieur, il n'y a rien à redire. L'avant-bras est souple. Le pouce est sorti. Il a d'abord cherché un autre type de signalisation, en vain. Le poing en position fermée dissuade. La paume, ouverte, agace. Reste le mouvement classique, donc, qu'il maîtrise aussi bien qu'un autre.

Il s'y habitue, même. Mieux : il se lasse. Ça ne lui a pris qu'une demi-heure. Il s'y est donc fait. Il va commencer à s'inquiéter, maintenant. Chercher à s'en sortir. Pas tout de suite. Il éternue, d'abord. Il est, un instant, tout entier dans son éternuement. C'est la brise. Ou le pollen, il ne sait jamais d'où ça vient. N'a pas cherché. S'est habitué, oui. Il se mouche.

C'est son rhume à lui. Son rhume à lui qui revient. Pas vraiment en force, non. Comme un rappel. Peut-être aussi parce qu'il est seul. Qu'il a besoin de s'occuper. Il se mouche et quelqu'un s'arrête. Trente mètres plus loin, donc. Aucun lien logique entre ces deux choses. Il finit de se moucher, la voiture ressemble à celle de l'hôtelier, il pense que c'est l'hôtelier, si l'hôtelier revient, comme le rhume, c'est qu'il vient le chercher, parce qu'il doit revenir, donc, lui, parce que c'est mieux, de revenir, de retourner à l'hôtel, maintenant, mais ce n'est pas l'hôtelier. Ce n'est pas sa voiture. C'est le même modèle, en gros, mais ce n'est pas la même marque. Il ramasse son sac, il part, donc, je pars, me dis-je, puisqu'elle l'a voulu, et d'ailleurs je suis parti, j'y vais, je m'en tiens là parce que j'ai besoin de me tenir, de tenir, je parcours les trente mètres, le conducteur a baissé la vitre passager.

Vous allez où ?

À Laval. Je ne sais pas si.

Si quoi ? Montez.

J'ouvris la portière. L'homme portait une chemisette, moi pas, j'ai besoin d'avoir des manches complètes, je veux dire. Il souriait. Non. Non. Ce n'est pas ça. C'est moi. Lui était triste. Ou grave. Exactement comme s'il avait quelque chose à faire et que ça ne l'amusait pas mais bon. Quand il faut le faire. Il avait l'air embêté. Or je ne lui forçais pas la main. Je m'étais juste mouché.

Et donc c'était moi. Le sourire. Je le remerciais, cet homme. Il me mettait de bonne humeur, soudain. Il m'aidait. Et il ne s'était pas arrêté pour rien. Il me débarrassait de mon sac, le posait sur la banquette arrière. Démarrait.

Je ne vais pas jusqu'à Laval, dit-il. Je vais vous avancer. Ça vous arrange, que je vous avance ?

Je me le demandais.

Ça a l'air de vous contrarier, reprit-il. Désolé. Mais je n'ai vraiment pas le temps d'aller jusqu'à Laval. Je n'aurais peut-être pas dû vous prendre.

Je ne sais pas, dis-je. Vous pourriez me déposer près d'une cabine ? Je dois téléphoner.

Prenez mon portable.

Il me montrait le vide-poches.

Non, merci, dis-je. Déposez-moi maintenant. De toute façon, je dois trouver une autre voiture. Je perds du temps, là.

Il eut l'air embêté, par-dessus son air embêté. Je ne sais pas comment ça peut se dire.

Je serais bien resté un peu avec vous, repris-je. Après le geste que vous avez fait. Mais enfin c'est moi qui. Je loupe des voitures.

Il portait une cravate. Pas seulement une chemisette. Conduisait bien. Inutilement. Je n'avais rien à faire avec lui. Il m'agaçait. Je n'étais plus de bonne humeur.

Il ralentit. À cent mètres, on distinguait un décrochement de la chaussée. Il s'y arrêta.

Voilà, déclara-t-il sans couper le moteur. Mais vous auriez aussi bien pu téléphoner de chez moi. J'y serai dans dix minutes. Vous prenez un café, vous prenez votre temps, vous téléphonez, et je vous amène à Laval. J'aurai un peu de temps, après. Là, non. J'ai des surgelés dans le coffre.

Si vous m'amenez à Laval, dis-je, bon.

Il dut apprécier ma largesse d'esprit. Je le sentis se détendre à l'idée de me rendre service. Bien sûr, tout ça impliquait que je lui fisse un peu de conversation, or je n'avais pas envie d'aborder de sujet majeur. Me concernant, du moins. Je voulais bien parler de la guerre. Il y avait une guerre, pas très loin.

Je n'aurais pas pensé aux surgelés, dis-je. Évidemment.

On repartait. Il hocha la tête. Je le comprenais. Je pensais à Laure. C'est-à-dire à moi. Je me demandais qui j'étais, là. Je ne voyais rien de très clair devant moi.

Je fête mon anniversaire, ce soir, me dit-il. Je m'appelle Gilles.

Il me tendait sa main.

Enchanté, dis-je. C'est amusant.

Pardon ?

Rien, dis-je. Ça vous fait quel âge ?

Trente-cinq ans. Il faisait plus. C'était peut-être la cravate. Ou le sérieux. Le paysage changeait, maintenant, on traversait des bois, on roula un peu à l'ombre. Je n'arrivais pas à le voir comme un homme jeune.

Vous ne m'avez pas dit votre nom.

Serge.

J'avais pris le premier nom qui me venait. Serge, d'ailleurs, était une sorte d'ami. Qui ne risquait pas de rencontrer Gilles. Personne ne risquait de le rencontrer. Moi-même, j'étais là par hasard. C'était par hasard aussi que Gilles fêtait son anniversaire. Enfin, me disais-je. Tout de même. Tout de même. Mais, en un sens, ça n'avait rien à voir. C'était presque une autre génération. Un autre monde. La campagne seule maintenait une manière de lien. Il y avait toujours des arbres, puis à nouveau des champs, des fermes. Un village. C'est là, dit-il.

Il s'était arrêté près de l'église. Nous descendîmes. Une porte se découpait dans un mur aveugle, du moins c'est comme ça que je le vis. J'identifiai plus tard des fenêtres. Gilles tenait à la main son sac de surgelés, moi mon sac de vêtements. Il sonna. Une femme nous ouvrit.

Serge, dit-il. Ma femme, Hélène.

Il était moins bien qu'elle. Je n'arrivais pas à les situer. Dès lors que les gens sont accueillants c'est difficile. On se voit soi. On répond aux questions. Et alors on s'étonne. Jamais on n'y aurait pensé. Moi, par exemple. Cette destination de Laval. L'importance que ça prend.

Il suffit d'appeler pour l'horaire des trains, me suggéra Hélène.

Je sais, dis-je. Merci.

L'importance que ça prend pour les autres. De devoir y aller, à Laval. Alors qu'en fait. J'attendis d'autres questions.

Je vous fais un café ?

Je veux bien, merci.

On se trouvait dans une sorte de couloir. Parallèle au jardin, avec des portes-fenêtres. Un charmant jardin, cerné d'un muret. Un petit bassin. Un grand arbre au milieu. À demi mort, me sembla-t-il. Je n'en voyais que le tronc clair, mangé par le gui.

Ce n'était pas un couloir, en fait. Il desservait quand même à gauche un salon, à droite une cuisine. Une table y était poussée contre le mur, face aux fenêtres. La maison n'avait sans doute pas été toujours une maison. Un bâtiment agricole, supposai-je. Je me trouvais peut-être là où l'on attachait les bœufs. Un anneau était scellé dans le mur.

Ne bougez pas, me dit Hélène. Je vais faire le café.

Elle me désigna la table, d'où elle avait tiré une chaise. J'aurais préféré bouger. Je voulais bien faire une pause, mais l'impression de m'installer, non. Ça me gênait.

Je peux vous aider ?

J'avais suivi Hélène dans la cuisine. Gilles s'y trouvait déjà, aux prises avec son congélateur. Le plan de travail de part et d'autre de l'évier était recouvert de boîtes, de paquets, de serviettes, de planches à découper, de coupes de fruits, de divers pains, d'un monticule de fromages.

C'est gentil mais ce n'est pas la peine, vous ne savez pas où sont les choses. Mais venez, venez. Entrez.

Je m'immobilisai quelque part à droite de l'évier, parcourant du regard le plan de travail.

J'effleurai un paquet de chips, un peu comme on tâte une tenture. Il bruissa. Je retirai immédiatement ma main.

Hélène, qui s'affairait avec la cafetière, ne me prêtait pas attention. J'aurais pu ne pas être là ou, à l'inverse, être arrivé là depuis longtemps, quelques heures plus tôt, ou quelques jours, j'avais du mal à l'évaluer. J'eus une espèce de doute, pas grand-chose, mais ça m'encombrait. J'ai préféré m'en débarrasser en le partageant avec les autres.

On ne se connaît pas ? demandai-je. On ne s'est jamais vus ?

Je ne crois pas, me répondit Hélène en pressant le bouton de la cafetière. Vous êtes de la région ?

Non, dis-je. Évidemment, ajoutai-je. Bien sûr.

Je ne connaissais pas ces gens, non. Ils m'étaient familiers, c'est tout. Je bus mon café, seul, tandis qu'Hélène vaquait à ses préparatifs. C'était grand, chez eux, je ne les gênais pas dans leurs déplacements et ils ne se souciaient pas non plus de ma présence. Ils me contournaient. Même leurs questions, en définitive, évitaient de me toucher. Elles s'éparpillaient à ma périphérie.

Vous n'appelez pas la gare ? Vous voulez que je le fasse ?

C'était toujours Hélène. Elle ne me mettait pas dehors, elle s'inquiétait pour moi. Aucune angoisse personnelle, remarquai-je, un simple souci des autres. Elle était presque belle, quand je la regardais. Mais je ne la regardais pas.

C'est vraiment très gentil. Mais je préfère y aller comme ça, voir les horaires sur place. J'aime bien les gares. Rester un peu dans les gares.

Vous êtes en vacances ?

Elle s'intéressait à moi. Ou bien elle goûtait un peu à ce que j'étais, comme si j'eusse fait partie d'un buffet, d'une chose qu'on identifie mal dans une assiette. Je ne savais trop. D'ailleurs, ça n'avait pas d'importance.

Gilles nous laissait, transportait des verres sur un plateau. Passait le relais, imaginai-je. On s'occupait de moi, c'était l'essentiel. Pour lui, j'entends.

On peut voir ça comme ça, dis-je.

Je voulais bien être en vacances. Je n'avais pas grand-chose à faire. Attendre le moment de téléphoner, prendre un train pas trop tard. Ou encore ne pas le prendre. J'avais le choix, là. Il y avait quelque part une femme qui ne venait pas avec moi, la mienne, justement, et qui me laissait aux prises avec le temps. De même avec l'espace.

J'étais comme un insecte. J'aurais préféré une ligne droite.

Je ne savais pas, en vérité, si je me rendais à Braz. Pas encore. Pas tout à fait.

Je peux utiliser votre téléphone mobile ? Je dois appeler un mobile, en fait.

Il était midi. J'empruntai le portable de Gilles et composai notre numéro de portable, à Laure et moi. Je tombai sur la messagerie. J'avais enregistré l'annonce.

C'était bien moi, donc. Un peu comme si c'était moi, là, qui l'excusais de son absence. Je n'eus pas le cœur de me contredire. Je ne voulais pas me bousculer. Je ne laissai pas de message.

Mes hôtes m'avaient laissé au salon, soucieux de mon intimité. Je pensai à les rejoindre, à les aider, mais Hélène m'en avait dissuadé. Je regardai ma montre, me donnai une demi-heure pour rappeler. L'attente, au fond, est une position cohérente. C'était la mienne. Mon seul problème, c'était de la meubler. Je sortis dans le jardin et en fis le tour. Ça m'alla bien de longer les murs. Un moment, du moins. Mes hôtes, que j'apercevais par la fenêtre de la cuisine, me jetaient de temps à autre un petit coup d'œil. J'échappais régulièrement à leur vue, réapparaissais. J'avais fait quelques tours, déjà. L'idée me vint de gagner la rue, d'aller regarder un peu l'église, mais je n'osais pas. J'avais peur que mes hôtes ne s'inquiètent de me voir m'éloigner. Même si je ne prenais pas mon sac. Ils m'accueillaient, j'hésitais à passer leur porte dans l'autre sens.

Je ne les connaissais pas assez, en fait. Je ne les gênais pas, mais eux, si. Un peu. J'aurais préféré être seul chez eux. Dans l'idéal. Tourner en rond sans que ça se voie. C'est ce que j'aurais fait à la gare, si je m'y étais rendu. Il est vrai que Gilles s'était proposé de m'y conduire. Il avait rapporté ses surgelés, bon. Je n'avais pas encore téléphoné. Heureusement que le temps passe, à force.

Je rappelai. Laure décrocha. Sa voix n'était pas la même. Je veux dire qu'elle était redevenue la même, la même qu'avant. Ou presque. Nasale, bien sûr. Mais posée. Un peu trop posée. Elle allait moins mal. Moins mal comment ? dis-je. Est-ce que tu as de la fièvre ? Est-ce que tu trembles ?

Ça va, me dit-elle. Mieux. Je suis fatiguée. Et toi ?

Moi ? dis-je.

Je ne m'attendais pas à cette question. Je préférai ne pas lui dire que j'étais chez des gens, en partance pour nulle part encore.

Je suis à la gare de Laval, dis-je.

Je m'aperçus qu'elle ne m'avait pas demandé où j'étais, pas spécialement du moins. J'aurais aussi bien pu lui dire que ça allait. Ou que ça n'allait pas, même. Du reste, je pouvais le lui dire encore, ça. Ça ne va pas. Pas du tout. Je suis à la gare de Laval et ça ne va pas du tout. Tu me manques.

Allô ? dit-elle.

Tu peux te lever ? dis-je. Tu es couchée ?

Oui.

Tu peux te lever ?

Je suppose, oui.

Tu ne peux pas me rejoindre ? Passer me prendre ?

Conduire ?

Pas envie.

Pas envie de quoi ? dis-je.

Pas envie de rien.

Bon, dis-je. Qu'est-ce que tu vas faire ?

Je ne sais pas.

Tu vas rentrer ?

Oui.

Quand ?

Je ne sais pas.

Qu'est-ce qu'on va faire ? dis-je.

Je ne sais pas, dit-elle.

Alors je te rappellerai, dis-je. Je t'embrasse.

D'accord.

Tu ne m'embrasses pas, dis-je.

Si.

Elle raccrocha. Qu'est-ce que je fais ? me dis-je. Le nez me picotait. Le nez me repicotait. Éternuons toujours, me dis-je. Commençons déjà par éternuer.

J'éternuai sept fois de suite. Ce ne m'était pas arrivé depuis un an. Je l'ai dit, depuis un an, je vivais sur un rhume de base, un simple encombrement nasal, que ne ponctuait nul accès. Or, contrairement à ce que pourrait laisser supposer un tel habitus, je déteste éternuer. Éternuer ne me convient pas. Je peux, certes, prendre plaisir au premier éternuement. Passe encore le deuxième. Mais la série dans ce domaine m'exaspère. Cette impression de ne pas s'en sortir.

J'ai déjà dit aussi, en revanche, que ça occupe. Ça reste le bon côté de la chose. Et puis c'était une façon de répondre à Laure. En son absence, contre laquelle je luttais mal, je n'étais pas fâché d'avoir à me battre contre moi-même. De m'intéresser un peu à moi. C'est l'avantage des affections, elles charpentent la personne. En même temps, c'est trompeur, il y a le moment où ça se calme.

Ma crise s'était déroulée dans le jardin. On m'avait peut-être aperçu, des fenêtres. Personnellement, je n'ai jamais vu quelqu'un éternuer à distance. Je ne sais pas, avec le son coupé, quel effet ça peut rendre. Ce léger spasme. Par sept fois. Cette sorte de hochement paradoxal, qui est le contraire d'un acquiescement.

Je les voyais s'activer, par les fenêtres. Je me posai la question, maintenant que je me sentais mieux, de les rejoindre. Ils ne m'attendaient pas. Tout de même. Ils me recevaient. Quoique. Je préférai demeurer seul pour l'instant. Je refis un tour du jardin, un autre. Laure allait mieux. Je ne comprenais donc pas pourquoi elle ne souhaitait pas me rejoindre. Posons que je craignais de le comprendre. Je pouvais ne pas la rappeler. Mais je préférais le faire.

Sauf que je n'avais pas le portable de Gilles sous la main. Je rentrai dans la maison.

Je ne peux vraiment pas vous aider ?

Si. On va mettre la table. Vous restez déjeuner ?

C'était Hélène. Elle ne semblait pas me trouver pressé de partir. Personnellement, je ne savais trop qu'en penser.

Pourquoi pas ? dis-je.

Ça me laissait un peu de temps. Mais j'ignorais

si j'avais besoin de temps. J'avais besoin de rappeler Laure.

Hélène avait à cœur de me faire participer. Elle me tendait des assiettes. Je les pris.

Je peux de nouveau emprunter votre téléphone ?

Il est sur la table.

Que je devais mettre, donc. J'y distribuai les assiettes au jugé, sur trois côtés du rectangle qui se présentait. Puis je m'éloignai vers les fenêtres et composai notre numéro.

C'est moi, dis-je.

Oui.

Tu ne veux pas me voir ?

Non.

Tu ne m'aimes plus.

Tu grossis tout.

Je ne grossis rien. Tu me manques.

Bon.

Je ne te reconnais pas, expliquai-je.

Moi si, dit-elle. J'ai besoin de.

Tu peux préciser ?

Non.

Je peux rentrer, dis-je. Revenir à l'hôtel. Et on rentre à Paris. On ne va pas à l'anniversaire.

Tu n'es pas dans le train ?

Si. Pratiquement.

C'est ce soir, dit-elle.

Je sais.

Je suis contente que tu y ailles. Vraiment.

Vraiment contente ?

Oui. Que tu y ailles. Vraiment.

Je n'insistai pas.

Sans toi, dis-je, ça me fait drôle.

Ce n'était pas exactement le mot que je cherchais.

Je voudrais que tu l'embrasses pour moi, dit-elle.

Je ne l'ai jamais embrassé, remarquai-je, puisqu'on changeait de sujet. Et j'y allais avec toi.

Tu me fatigues, dit-elle. Je vais raccrocher.

Je vais te rappeler.

Bon.

Je t'embrasse.

Je ne m'y faisais pas. Elle avait raccroché. Je ne me faisais pas à l'absence de cette femme. À son éloignement. À ce qu'elle m'empêchait d'être. Avec elle. Sans elle, visiblement, j'avais le champ libre. Une sorte de désert.

Les couverts, dis-je, c'est dans ce tiroir ?

Hélène n'était pas loin. Elle s'occupait du déjeuner. Grosse journée, me dis-je, pour ces gens-là. Et moi qui ai l'air de ne rien faire. Alors que.

Mais ne vous sentez pas, m'avait rassuré Hélène, obligé de nous aider, Serge. Nous sommes lancés, là. Posez-vous. Serge. Bon. Je n'avais pas eu le courage de la contredire. De lui préciser que, j'avais beau m'appeler Serge, je préférais qu'on ne m'appelât pas. Surtout si tôt. En un sens, bien sûr, ça m'aidait. La certitude des autres. Leur façon de combler les vides.

Nous nous retrouvâmes à table. Je leur devais une conversation, me semblait-il. À tout le moins, il me revenait de faire honneur au repas. Je m'efforçai de procéder à quelques prélèvements sur leur assortiment de légumes flanqué de blancs de poulet. Quant au sujet que j'eusse pu évoquer sans trop d'efforts, c'était à l'évidence l'anniversaire de Gilles. Puisque c'était le jour de son anniversaire, à Gilles.

Gilles et Philippe.

Serge et moi.

Quant à Laure, elle était la seule qui, pour se présenter sous une forme double, n'avait besoin de personne.

Vous attendez beaucoup de gens, ce soir ? leur demandai-je.

Manière de leur faire savoir que je me souciais de leur programme. De leur fête. Sachant mal où se rangeaient les choses et n'ayant pas lancé d'invitations, je n'étais pas très à l'aise dans la position, médiane, que j'occupais dans leur journée. Je tentais de me projeter dans leur soirée, mais avec discrétion, puisque je n'y étais pas convié. Quant à souhaiter à Gilles, dès à présent, que son anniversaire fût bon, je ne m'y sentais pas autorisé. À moins que je ne me fusse considéré comme un invité très en avance, ce qui n'était pas le cas. Je n'étais ni invité, ni en avance. Ni en retard. De toute façon, ce n'était pas l'heure.

Néanmoins, j'étais là. Ils ne cessaient, tous les deux, de m'en administrer la preuve.

On attend une petite quinzaine d'amis, me dit Gilles. Vous auriez d'ailleurs pu rester, vous êtes le bienvenu. Mais vous ne connaîtrez personne. Et puis vous devez partir. On ne vous chasse pas, bien sûr.

J'étais touché. Embarrassé, également. Non pas tant par cette proposition qui malmenait ma pudeur que par la complication qu'elle induisait dans mes choix. En outre, ce n'était pas vraiment une proposition. Enfin, il eût peut-être suffi d'un mot, voire d'un regard un peu hésitant de ma part pour qu'elle s'affermît.

Or je n'avais pas cillé. J'avais repiqué au plat en leur renvoyant, dûment adjectivée sous la forme attributive, leur gentillesse. En effet, je devais partir. Il me fallait bien, à leurs yeux, fût-ce par politesse, exister un peu. J'avais déjà un nom, il me suffisait de faire comme si, derrière, il y avait quelqu'un. En même temps, maintenant, ça m'obligeait à reprendre la route.

Même si Laure changeait d'avis et me délivrait de ma dérive. Auquel cas, je repartirais dans l'autre sens. Mais je craignais de l'appeler, maintenant. Je craignais de souffrir. J'étais paralysé, mes pensées se bloquaient, et quant au physique j'aurais été incapable de me lever. Je n'étais plus que mâchoires, palais, gorge, déglutition. À quel prix, du reste. J'avais de plus en plus de mal à m'alimenter.

Ce n'était d'ailleurs plus un souci, on arrivait à la fin du repas. Mais je n'avais pas envie que se profilât la fin de quoi que ce fût.

Bon. Je suppose que, privé de tout projet, sans même le prétexte d'une quelconque occupation, désormais, mon immobilité, en cette fin de déjeuner qui tardait à prendre forme, se manifestant maintenant chez moi sur le mode de la pétrification, il ne me restait d'autre solution que de me mouvoir de l'intérieur. J'éternuai donc derechef, soulevé brutalement de ma chaise où je retombai, pas de très haut, certes, et nanti d'un mouchoir que j'avais fait surgir à la façon d'un illusionniste, au prix d'une manipulation qui, bien qu'elle eût sans doute été préparée, à la lisière de ma conscience, me laissa moi-même songeur. Je dus me lever, toutefois, dans l'attente d'un prochain spasme, qui cette fois me traversa sans tarder et auquel je me livrai posément, certes, mais en usant de cette retenue dont nous sommes quelques-uns, je crois, à savoir faire preuve et qui consiste, tout en se délivrant, à n'émettre qu'un son furtif, de ceux que, caché dans un humide fourré que longe une patrouille hostile, il convient de savoir produire pour n'être pas surpris.

Gilles et Hélène m'observaient, toujours assis à la table, n'osant commencer à débarrasser, je suppose, dans l'attente d'une nouvelle crispation de ma part, et surtout indécis quant à l'attitude qu'il leur convenait d'adopter. Et j'éternuai de nouveau, donc, parfaisant ma méthode, quoique soucieux de m'éloigner, maintenant, afin de vivre ma crise dans une relative intimité, sans plus exercer sur moi aucun contrôle. Je m'excusai, gagnai le jardin, m'y cachai comme je pus pour me livrer à ma pantomime, puis revint vers la maison exténué, la narine en feu.

Ça ne va pas bien, observa Hélène.

Ils étaient tous les deux là à m'attendre, à l'entrée du jardin.

Ça passe, dis-je. Ça finit par passer.

Vous ne voulez pas vous allonger ? me proposa Hélène. Là-haut, vous serez tranquille.

Du nez, qu'elle avait parfaitement sec, elle m'indiquait l'escalier intérieur.

Je pensais vous aider.

À leur air embarrassé, je compris qu'ils ne savaient pas quoi me faire faire. Ma position se précisait : je devenais un poids. Et il était certain que, couché au premier étage, je les gênerais moins.

On va se remettre à la cuisine, m'exliqua Hélène. Gilles et moi. Installez-vous au salon avec un livre, si vous préférez. Qu'est-ce que vous allez décider, pour votre train ?

En fait, me lançai-je, je n'ai pas très envie d'aller là où je vais. Mais je m'y suis engagé.

J'avais besoin de sortir de mon embarras et, de toute façon, ils méritaient bien que je me confie un peu, en fin de compte. Néanmoins, ils semblaient désemparés.

Je suis dans une situation où j'hésite énormément, leur expliquai-je encore. Je suis désolé. Vous me rencontrez dans un moment spécial.

Je me freinai pour ne pas en dire plus. Sauf que c'était déjà beaucoup, me semblait-il. Pas seulement pour eux.

Et vous n'êtes pas bien, en plus, rappela Hélène.

Voilà, dis-je. Je crois que de surcroît je m'enrhume sérieusement. Et je ne vous cache pas que, même si je partais maintenant, j'arriverais trop tard.

C'était ce dont je venais de m'aviser. En admettant qu'il se trouvât encore un train pour m'emmener à Quiberon, à l'heure qu'il était, aucun bateau ne pourrait me conduire à Braz dans la soirée. Je ne verrais donc pas Philippe pour son anniversaire.

Plus tard, me dis-je. Demain.

Tant pis pour Philippe.

Tant pis pour Laure.

Mais j'irai.

Pour aller quelque part.

Pour ne pas revenir.

Là, tout de suite, je ne me voyais pas revenir.

C'était ça, en fait : je ne me voyais pas. Pas dans ce sens. Dans l'autre, je me faisais l'effet d'une silhouette. Je me profilais.

C'est grave ? demanda Hélène.

Non, la rassurai-je. Une invitation. Une simple invitation. Ce n'est pas très important.

Si je comprends bien, intervint Gilles, vous êtes libre.

Pas exactement, expliquai-je. Disons que les choses se précisent.

Ça dut leur paraître flou.

Vous avez un domicile ? me demanda encore Gilles. Vous voulez encore téléphoner ? On peut faire quelque chose ?

Vous êtes très gentils, le remerciai-je. Accompagnez-moi donc à la gare quand ça vous arrange, je verrai bien.

Mais puisque vous ne partez pas, observa Gilles.

Il faudra bien que je parte un jour, lui fis-je remarquer.

Dans votre état, intervint Hélène, vous ne devriez pas bouger pour l'instant.

Je vous retarde dans vos préparatifs, dis-je.

Il y a bien une chose que vous pourriez faire,

reprit-elle. Enfin, je ne sais pas, je dis ça parce que vous avez l'air de ne pas vraiment vouloir partir et en même temps d'insister pour vous rendre utile. Et donc je me demandais si vous pourriez seulement conduire, là.

Heu, dis-je.

Non, dit-elle. C'est idiot.

Si, protestai-je. Je peux conduire, bien sûr. Dites-moi.

Vous pourriez allez chercher le gâteau, me suggéra-t-elle.

Ils étaient bien confiants pour me prêter leur voiture. J'aurais pu être n'importe qui. Je me demandai par parenthèse ce que Serge, qui me trottait dans la tête depuis que son nom m'était venu aux lèvres, aurait fait à ma place. Il ne serait évidemment pas parti avec leur voiture. Sans revenir, j'entends. Serge était comme moi, comme nous, d'une honnêteté normale.

Il est certain que ça me distrayait de penser à lui dans ces instants où, faute de savoir à qui j'avais affaire, j'évitais de me fréquenter.

Excepté en ce qui concerne l'honnêteté, hélas, Serge ne me ressemblait pas. Un homme que je voyais peu, du reste, parce qu'il vivait seul et qu'il préférait, sans doute, depuis que je vivais avec Laure, me rencontrer sans elle. De toute façon, je n'avais jamais vécu seul. Je voyais Serge entre mes ruptures. Lui avançait dans l'existence sur un rythme inverse, il s'essayait à l'amour dans les périodes de creux. Il était pris par ses activités. Il vivait en touriste, alors qu'il me semblait, moi, que j'habitais la vie.

Trop léger, donc, Serge. Courant vers sa fin le nez tantôt en l'air, tantôt penché sur son planning. Tandis que moi je n'avais jamais plaisanté avec le temps, chaque jour à considérer le lendemain comme un problème de force majeure, sans parler du jour même, bien sûr, que je prenais à bras-le-corps le plus sérieusement du monde, avec une gravité qui faisait quelquefois rire Laure. Quand ça ne l'inquiétait pas, bien sûr.

Je pensais à elle. Je ne cessais d'y penser. À son amour. À son genre d'amour. Où et comment il trouvait à se glisser, l'amour, dans ce genre-là. Ou alors ce n'était pas un genre, c'était un passage. Un goulet, un rétrécissement. Son amour se faisait tout petit, voilà. En profitait, avant de reprendre forme, pour se donner un genre, justement. Ce n'était pas la peine, vraiment. De l'inutilité, du danger de la coquetterie dans ce domaine. Si je voulais, là-dessus, je pourrais écrire un livre. Sur la vanité de le grimer, l'amour. L'habiller, je veux bien.

La vérité, c'est que je ne savais rien. Rien de rien. Laure ne me disait rien. Refusait de. Je n'avais aucune possibilité de comprendre. Je n'avais jamais eu la possibilité de comprendre, du reste. Or, maintenant que les choses devenaient spécialement incompréhensibles, je voulais comprendre. Je savais que ça ne sert à rien, mais c'est comme ça, c'est l'instinct. Tout le monde sait ça. Et elle aussi. Et donc.

Et donc, il y a la dignité. Éventuellement. En fin de course. Quand tout est perdu. Je n'étais pas en fin de course. J'étais juste empêché. Indisponible. Encombré de ce que Laure refusait de moi, et qui pesait.

Ça ne m'empêchait pas de bouger. Ou ça m'y poussait. Justement. Autant se déplacer, dans ces conditions. Éviter l'enlisement.

J'avais accepté la mission qu'on me confiait. Gilles m'avait montré le tableau de bord, les manettes, le levier, ça lui avait pris quelques secondes, mais, avant, j'avais voulu rassurer mes hôtes sur mon honnêteté, et ç'avait été plus long. Je tenais à laisser non seulement mon sac – l'emporter eût été de toute façon inenvisageable –, mais aussi mon portefeuille. Je m'en étais délivré discrètement, le laissant en évidence sur la table de la cuisine. Pas trop en évidence, pour qu'ils ne s'en aperçoivent pas tout de suite. Mais, entre l'évidence et son atténuation, l'espace est si mince qu'Hélène n'avait mis que quelques secondes à me le rapporter sur le pas de la porte – et je m'étais demandé, un instant, si c'était pour payer le gâteau, mais ça n'avait pas duré, j'avais pensé très vite à autre chose.

D'abord, en effet, à me rendre à la boulangerie. C'était la première idée, la plus accessible de surcroît. Mentalement, du moins. Géographiquement, ce fut une autre affaire.

Je m'égarai, sans doute une erreur de tournant. J'évitai de justesse une bretelle qui m'eût ramené vers Paris. Je me garai près d'un tabac en face d'une église, celle de Bourgoin, donc, et demandai à la buraliste de m'indiquer la boulangerie. Ce n'était pas le bout du monde, en fait. La boutique était là, passé la station Shell. On se garait devant en montant sur le trottoir. Elle venait de rouvrir, déjà la queue. Je me demandai d'où arrivaient tous ces gens.

Les trois vendeuses m'occupèrent l'esprit. Il m'avait fallu arriver jusqu'à Bourgoin pour découvrir une boulangerie où l'ambiance fût à ce point saturée de sexe. La plus âgée, qui tenait la caisse, était la plus sensuelle, les lèvres rouges, le regard long, les hanches rondes sous une jupe qu'on imaginait très courte derrière le comptoir. Je n'ai jamais pu le savoir. Elle ne s'en éloignait pas, du comptoir, sa jupe aurait aussi bien pu ne lui découvrir que les chevilles, mais ça, on ne l'imaginait pas, c'était au-dessus de nos forces, je veux dire qu'on était probablement plusieurs à penser qu'elle le faisait exprès. Il y avait quelques hommes, ici, au milieu des femmes. Quant aux deux autres, jeunes, jolies comme des anges, elles s'opposaient par leurs attributs, petite, grande, brune, blonde, avec des tenues contrastées qui achevaient de les éloigner l'une de l'autre, comme aux deux extrémités d'un monde qui eût réclamé qu'on le parcourût de long en large pour aboutir à ces deux-là. J'exagère à peine, je n'ai jamais compris la raison de leur présence, là, ensemble, on ne se représentait même pas qu'elles rentraient chez elles, ces filles, après le travail, ou alors si, mais ensemble, comme les éléments solidaires d'un dispositif de mise à feu qu'on range dans sa boîte.

Je dis ça parce que c'était une boulangerie, dans une parfumerie je n'y aurais peut-être pas prêté attention. Mais là, c'était bel et bien une boulangerie, avec l'odeur, imaginai-je sans mon nez, le ballet des deux jeunes entre caisse et clayettes, sans compter l'excursion de la brune vers l'arrière-boutique pour le pain frais, aller et retour, bien sûr, s'éloignant logiquement de dos, revenant fatalement de face, fléchissant les reins vers la panière, se relevant avec la brassée de baguettes, la transférant vers les clayettes dans le claquement, sur le carrelage, de ses talons de belle moissonneuse aux yeux faits. À force, évidemment, ça finit par être votre tour. C'était le mien.

Je faisais face à la caissière qui me découvrait ses lèvres, maintenant, à la blonde qui me demandait ce que je désirais. Y voir plus clair, eussé-je pu lui répondre, être moins dépaysé ou encore comprendre le sens de mon dépaysement, quel cercle de quelle sorte d'enfer ouaté je traverse, ici et ailleurs, ce que la vie cherche à me dire depuis hier soir, alors qu'elle est là à me prodiguer des soins qui à l'évidence ne me sont pas destinés puisque je n'en profite pas, que je suis mal choisi pour ça, Serge en aurait peut-être fait quelque chose, lui, avec son absence de stratégie, mais moi non, désolé, je ne veux rien, rien de ce qu'on me propose ou qu'on affecte de me proposer, si, quand même, je viens chercher la commande de M. et Mme Traversière. De loin, d'ailleurs. J'ai fait pas mal de chemin pour venir retirer ce gâteau.

La blonde, ondulante, s'éloigna vers une console qui supportait des cartons à rabat dont elle parcourut les inscriptions marquées au feutre. Je tentais de me dire qu'elle s'occupait de moi, qu'elle prenait en considération mon cas personnel, et c'était d'ailleurs ce que dans la queue derrière moi, sans doute, on pouvait s'imaginer, d'autant que sa recherche, un peu lente en vérité, risquait d'exaspérer, de même que la façon dont ses reins, eu égard à la position qu'elle adoptait, valorisaient leur chute. Et je me plaçai de fait dans cette perspective extérieure, me dédoublant pour mieux nous voir, la vendeuse et moi, ou du moins me voir moi la voyant me servir, mais je restai à la lisière, posté, de mon côté du comptoir, sans vraies pensées, ce qui n'était déjà pas si mal, je l'avoue, tandis que la vendeuse revenait vers moi, soulevant le couvercle du carton pour me présenter le gâteau. C'est bien ça ? me dit-elle. Et de son regard souligné, que je quittai pour envisager le gâteau, je descendis, à ma surprise, vers un autre regard, un regard qui s'exerçait sur moi depuis la surface du gâteau, car en vérité c'était le gâteau qui me regardait, maintenant, et qui, étonnamment, me permettait de l'identifier comme étant la commande de M. et Mme Traversière, puisque ce regard qui me parvenait du gâteau, de la surface nappée du gâteau, était celui de Gilles Traversière, dont le visage, constatai-je, était reproduit sous une forme comestible, recouvrant en effet le gâteau d'un film alimentaire obtenu sans doute à partir d'un cliché qu'avait fourni Hélène Traversière, de sorte que dans l'instant où la vendeuse me montrait le gâteau je sus que c'était le bon et que, dans une sensation de soudaine maîtrise, je pus le lui confirmer.

Je prolongeai, dès la seconde qui suivit, cependant que la blonde refermait la boîte, mon échange de regard avec Gilles Traversière, un homme dont je m'avisai que je ne l'avais jamais réellement regardé en face et qui s'incarnait, un instant, dans cet avatar pelliculé, prenant note qu'en dépit de sa fragile apparence il venait ici attester son existence, tout éphémèrement que ce fût, qu'importe, Gilles Traversière se dédoublait à l'identique, ou plus justement se doublait, renforçait la prégnance de son être. Et c'est avec précaution, la caissière m'ayant précisé, comme je sortais mon portefeuille, que la commande était payée, que je le transportai jusqu'à la voiture, maintenu, afin que sa peau ne se fissurât point, à la stricte horizontale. J'en avais même, comme déjà je démarrais, oublié les boulangères, ou plutôt elles se fondaient, désormais, dans l'ensemble qu'elles composaient avec le gâteau, avec mes hôtes, avec ce jour de ma vie qui, en dépit de son incohérence, se peuplait de silhouettes, de visages, de lieux, m'offrant un ensemble de repères qui ne me guidaient pas mais grâce auxquels, tout en éprouvant la sourde impression de me perdre, je parvenais à me mouvoir.

Je démarrai, certes, prenant le chemin du retour, mais, était-ce de revenir sur mes pas, d'interrompre et même de contredire en quelque façon le mouvement d'éloignement dont j'étais la proie depuis la veille, d'être pris cette fois dans l'évidence d'un rebroussement, je poursuivis, revenu au village des Traversière, et même parvenu à la hauteur de leur maison, mon chemin en direction de l'hôtel. Bien que mandaté pour une course, dépositaire désormais de la délicate reproduction de mon hôte, qu'il me fallait lui remettre afin que la soirée pour tout un chacun recouvrît un sens, la pensée de Laure m'habitait sans cesse, de même que le besoin de savoir ce qu'elle vivait sans moi, de même que la peur de le savoir.

Je ne pensais pas sérieusement la voir, non. Revenir à l'hôtel, oui. Puisque j'y allais. Et voir, donc. Mais peut-être pas elle, non. L'hôtelier, à la rigueur. Ou plutôt non. Personne. Juste l'hôtel.

En attendant, je songeais à justifier mon retard auprès des Traversière, ça me permettait de faire circuler l'angoisse. Heureusement qu'il ne s'agissait pas de ma voiture, ça m'obligeait à certaines précautions qui m'aidaient aussi à ne pas trop penser. La plupart du temps, en vérité, je ne pensais pas. Je me contentais de rechercher la route qui me conduirait à l'hôtel. Je la trouvai, même, et je parcourus la campagne à l'envers, ce qui n'était pas si différent, assez toutefois pour que, de nouveau, je m'égarasse, mais pas trop, ce fut l'affaire de cinq ou six kilomètres dans une mauvaise direction et retour, puis j'arrivai droit sur la nationale où m'avait trouvé, le pouce en l'air, l'homme dont je transportais le gâteau et dont je conduisais maintenant cette même voiture où il m'avait invité à monter et où je me rappelai que, pour sa part, il transportait des surgelés. Nous avions des points communs, vu de l'extérieur, mais enfin ça s'arrêtait là, ma vie malgré ces emprunts prenait sa propre tournure, et puis c'est quand même moi qui éternue, maintenant, m'avisai-je, moi seul, après ce long répit devant les boulangères, et je m'accrochai au volant, pas question de faire un écart. De toute façon, j'arrivais.

Et, de même qu'il s'agissait bien de mon rhume, de même il s'agissait bien de mon hôtel, celui que j'avais quitté au matin. Notre voiture n'était plus là. Je me rangeai à l'emplacement qu'elle avait laissé libre et, avant de quitter le volant, j'attendis que s'affirmassent, dans leur prévisible cascade, les éternuements que j'avais senti de nouveau poindre en passant le panneau du village. Je m'y livrai et, comme prévu, ils me dominèrent, me courbant vers l'avant sous l'utile protection de ma ceinture de sécurité, que je n'avais pas défaite, de sorte que, bloqué par elle en fin de spasme, je ne heurtai pas le volant, revenant chaque fois à la réalité en quelque sorte sain et sauf, comme je me redressais, un peu hagard, l'œil rivé à travers le pare-brise sur le perron de l'hôtel.

Je me mouchai, poussai la portière, gagnai l'entrée puis le bureau de l'accueil où se tenait, intangible, l'hôtelier toujours lisant, levant à mon arrivée le nez de son livre comme si j'en eusse constitué la ligne suivante, soudain exilée de la page qu'il marqua avec soin. Peut-être, me dis-je, parce que je ne représente à ses yeux qu'une digression, un passage un peu lent qu'il va se contenter de survoler en attendant de reprendre le fil. Ce qu'il ne savait pas à l'évidence ou qu'il affectait de ne pas savoir, c'est que lui aussi n'était pour moi qu'un passage, que je le survolais avec la même désinvolture, à ceci près que je notai, que je pris le temps de noter, moi, qu'il n'avait guère changé depuis le matin, que c'était exactement le même homme, à peine plus âgé, songeai-je, un peu plus tassé tout de même, comme si les quelques heures qui me séparaient de lui, faute d'avoir blanchi sa barbe, avaient sensiblement fait leur office. Ou peut-être était-ce moi, la sensation que j'éprouvais d'un temps dilaté à l'extrême depuis le matin, toujours est-il que je revenais à lui comme d'un éblouissement, accommodant sur son visage, non point surpris de le retrouver mais l'abordant comme au terme d'une incise. Bonjour, lui dis-je donc, si je comprends bien ma femme est sortie, je ne vois plus la voiture.

L'hôtelier hocha la tête, il semblait soulagé que la digression attendue se révélât si brève, de là à reprendre sa lecture évidemment non. Elle est partie il y a une bonne heure, maintenant, me répondit-il, avec ses bagages. Est-ce qu'elle vous a dit quelque chose ? lui demandai-je.

J'avais bien conscience que je le faisais travailler, cet homme, alors qu'il n'y était pour rien, mais enfin si Laure ne lui avait rien dit il lui suffisait de répondre non, et dans le cas contraire ce n'était pas bien difficile, il n'avait qu'à reprendre ses mots, c'était du travail mâché. En tout cas je crus, à son hésitation, qu'elle lui avait dit quelque chose, qu'il hésitait à me répéter. Mais non, rien de spécial, me répondit-il, je n'ai pas su quoi faire, ajouta-t-il, je me suis soucié pour vous. C'est très gentil, le remerciai-je, mais je ne vois pas ce que vous auriez pu faire, elle était comment ?

Comme quelqu'un qui part, me répondit-il, plutôt aimable, un peu enrhumée mais beaucoup moins que vous, me dit-il, c'est tout ce qu'elle vous a laissé, alors.

Quoi ? dis-je. Ah, enchaînai-je. Qu'importe. Il faut que j'y aille.

Vous feriez mieux de vous poser un peu, me freina l'hôtelier, posez-vous un peu, vous êtes malade, ça se voit, vous avez un nez, vous pouvez aussi bien rester ici et réfléchir, toutes mes chambres sont libres, vous prenez n'importe laquelle, je vous l'offre. Au point où j'en suis, me dit-il, et il sortit de derrière son comptoir.

J'aurais préféré qu'il reste assis.

Écoutez, lui dis-je, je suis très touché par votre proposition, et à ce moment sa femme survint. Ah, dit-elle, c'est le monsieur de la 29, alors vous êtes revenu, me dit-elle.

Elle nous avait rejoints, nous nous tenions tous les trois dans le hall, sans témoins, j'aurais aussi bien pu les tuer, c'était trop d'interlocuteurs, d'un seul coup, trop de sollicitude, j'éprouvais un besoin lancinant de me retrouver, d'effacer ces gens qui se tenaient là face à moi dans leur parenthèse, car c'étaient eux, la parenthèse, pas moi, leur hôtel lui-même n'était qu'une parenthèse, un arrêt dans le temps avec du flou à l'intérieur, inexploitable, écoutez, leur dis-je. En vérité je dois partir, je suis attendu, je suis pressé, merci pour tout.

Et je les laissai derrière moi. Je me sentis égoïste, mais enfin j'avais aussi mes engagements. Je fais ce que je peux, me dis-je. Et maintenant, me dis-je encore, je m'arrête près d'une cabine téléphonique pour appeler Laure et je l'appelle, cette fois elle devra bien me dire quelque chose.

Qu'elle est partie, au moins. Et je trouvai la cabine téléphonique, au croisement avec la nationale, là où m'avait conduit l'hôtelier. Et j'appelai. Répondeur. Évidemment, me dis-je. Si elle conduit. Elle est sur l'autoroute, là.

Je ne pensai pas une seconde à la rattraper. À laisser en plan les Traversière. Avec leur voiture. Et leur gâteau. Et moi, même. Ils m'attendaient.

Je ne pouvais plus me cacher que Laure et moi, désormais, nous roulions en sens inverse. Je ne cherchais pas à me le cacher. J'essayais seulement de me représenter que nous avions chacun un projet.

Pour ma part, quand j'y réfléchissais, j'en avais deux. Retourner, d'abord, chez les Traversière. Ça, c'était l'évidence. L'urgence, même. Ils devaient commencer à s'inquiéter. Ensuite, me rendre à Braz le lendemain. Ce serait mon but, maintenant. Arriver après un anniversaire, dans une île. Seul.

J'étais content de l'avoir, ce but. Un peu bricolé, soit. Si quelqu'un veut me plaindre, me dis-je, après tout, qu'il me plaigne. Moi, ça va.

Je devrais juste dormir quelque part, en attendant. À l'hôtel, par exemple. Ou plutôt non. Plus à l'hôtel.

Je ne me préoccupais pas trop de la nuit, en

vérité. C'était un détail, la nuit. Je pensais plutôt au lendemain. À Philippe, bien sûr. Mais d'abord à moi. Au fait que j'irais, à Braz, que c'était certain que j'irais, maintenant, dans les conditions où j'y allais, donc, mais pour Laure, aussi, me disais-je, absolument pour elle aussi, mais moins vite, voilà. De toute façon, je n'agis pas par altruisme. Par amour, seulement. Avec ce que ça comporte d'étroit.

Quant à Philippe, ce n'était pas non plus un problème. J'arriverais trop tard, c'est tout. Empêchement. Le type qui est venu, quand même. J'inventerais quelque chose. Pas grand-chose. Un très gros rhume. Non, pas le mien, dirais-je. Puisque je suis venu. J'en suis seulement à l'incubation, là.

Le projet de Laure, bien sûr, était plus vague. Je ne lui en voyais pas de plus noble que de me revenir. Se calmer, dans un premier temps. Prendre du champ, soit. Répondre à mes appels, toutefois. Dans un premier temps, donc, ce n'était pas trop dur, me semblait-il. Enfin, j'aimais l'idée que nous nous partagions les tâches, fût-ce inégalement. Galanterie, si l'on veut. Mais partage.

Mes hôtes n'étaient pas inquiets. Je fus d'ailleurs à deux doigts de penser qu'ils m'avaient oublié. Délicieusement distraits, les Traversière, me dis-je.

Vous avez eu un problème ? me demanda toutefois Hélène.

Il y avait un peu de monde à la boulangerie. Et puis j'ai réussi à me perdre.

Ah, intervint Gilles, vous vous êtes enfilé dans la D4. Elle prolonge la route de Bourgoin en ligne droite, on ne voit pas le tournant. Ça m'arrivait, au début.

Ça doit être ça, dis-je.

Je tenais le gâteau à deux mains. Hélène m'en délivra.

À propos, vous avez pris une décision ? me demanda Gilles.

Écoutez, dis-je, en définitive, oui, j'accepte votre invitation mais c'est plutôt la nuit. Ça m'embête.

Ah mais non, protesta Gilles, vous dormez là.

Et vous m'accompagnez demain à la gare ?

Pas trop tôt, précisa Gilles.

Évidemment, dis-je. Je vous remercie, en tout cas. Et maintenant, je peux peut-être vous aider.

Je crois qu'on a un peu fait le tour, voulut me rassurer Hélène.

Gilles regarda sa montre.

On a quatre heures à tuer avant les Neufincq, remarqua-t-il.
Je haussai un sourcil.
Ils arrivent toujours les premiers, m'expliqua-t-il. Suivis de Nicole. Après, c'est variable. On a souvent Paul et Laetitia. Tout le monde est très gentil, vous verrez.
Je n'en doute pas, dis-je.
Je vais vous faire visiter la maison, me dit-il, vous venez ?
Je la connaissais, leur maison. À l'exception de l'étage.
Gilles me prenait au coude. J'aurais bien voulu savoir qui c'était. Son métier. Et Hélène. Et eux. Je ne les avais pas vus se toucher. Ni se rencontrer du regard. Encore, s'ils s'étaient intéressés à moi. À quelque chose.
Vous travaillez dans quoi ? lui dis-je.
Téléprospection dans le textile, me répondit-il.
Qu'est-ce que c'est ?
Il m'expliqua. En trois mots. J'aimerais changer, me dit-il. C'est répétitif.
Moi aussi, dis-je.
Vous faites quoi ?
Rien de bien plus intéressant, dis-je. Je n'aime pas mon travail. J'aime ma femme.

Ah, me dit-il.

Il est bien, votre lambris, dis-je.

Nous étions à l'étage. Par le vasistas, on avait vue sur l'église. Je me hissai sur la pointe des pieds. La place était vide. Une voiture s'éloignait sur la droite.

Vous vous plaisez, à la campagne ? lui demandai-je.

Oui, me dit-il. Ça, c'est le bon côté.

Je vous trouve très accueillants, dis-je. Tous les deux.

Merci.

Je n'avais rien à lui dire. Je m'ennuyais. C'était inespéré. Je n'avais jamais envisagé l'ennui comme une distraction. Or, quand on n'est pas trop bien, je m'en avisai, ça marche. Puisque s'ennuyer c'est songer, sans fin, qu'on aurait mieux à faire. Mais qu'on ne voit pas. Qu'on n'a pas. Qu'on aimerait bien. Et je ne voyais absolument rien d'autre à faire que de rester avec les Traversière, de les accompagner dans leur soirée, de dormir chez eux. De toute façon.

Je pouvais appeler Laure, bien sûr. Quand elle serait rentrée, par exemple. Et même avant. Quand je voulais. Si je tenais à savoir. Et je tenais à savoir.

Pas tout de suite.

Je me frottai mentalement les mains. Gilles me fit visiter les chambres.

Les Traversière, qui n'avaient pas d'enfants, avaient des amis. Des amis qu'ils invitaient à dormir, parfois. Il s'agissait donc de chambres au mobilier disparate, avec des lits faits, quand même, jumeaux dans l'une, double dans l'autre, et un papier peint daté qui présentait par endroits des traces de colle. C'était propre, au demeurant, et sur la commode de l'une traînaient quelques livres tandis que dans un coin de l'autre s'empilaient des brochures et des catalogues de voyage. De sorte que dans les deux chambres on pouvait patienter, voire s'occuper en attendant de descendre. Je calculai que, venu sans rien et sans aucune pensée en tête, on pouvait y tenir environ deux jours. C'était bien plus qu'il ne m'en fallait, d'autant que je n'étais pas venu sans rien ni la tête vide. J'avais même emporté un livre, si je voulais.

Je visitai la chambre de mes hôtes. Elle me fit presque envie. Claire, donnant sur les terrains alentour, avec des arbres au loin où se posaient des colombes. Un lit avec une belle tête en osier, des tentures chaudes conformes à mon goût, un parquet à lames larges. Et je me dis qu'aux Traversière je préférais leur chambre, mais je ne sus qu'en penser. Il est certain que Gilles ne convenait pas à ce décor. Hélène, je ne sais pas, il aurait fallu qu'elle monte, que je l'y voie.

En fait, pour peu que j'eusse aimé la campagne, j'aurais très bien pu me plaire, ici.

En attendant, mon rhume me sollicitait de nouveau, réclamant de ma part cette dépense physique qu'il exigeait en guise de symptôme, et qui allait toujours me courbant dans une attitude appelant une compassion mêlée de gêne, non exempte d'une sensation d'impuissance. Gilles, embarrassé, donc, me suggéra de prendre un peu de repos, allongé dans une des chambres d'amis.

Je refusai en le remerciant, mais c'était compter sans la fièvre. Elle m'investissait. Je ne l'avais pas vue monter, et elle était là, qui faisait de mon maintien une posture. Je me contentais de mimer la station debout. Et ce n'est pas pour me faire plaindre que je portai une main à mon front. Là encore, je voulais savoir. J'étais chaud.

Je vais vous chercher de l'aspirine, me dit Gilles. Première à droite.

Il venait de m'indiquer la chambre aux lits jumeaux. La plus petite. On me casait. Je veux bien reconnaître que j'étais seul. Tout de même.

J'étais le premier. J'avais proposé de l'aide. Malade, avec ça.

Je me reprochai ma mauvaise foi. Puis m'absolvai. Gilles et Hélène étaient ennuyeux. Moi aussi, sans doute, là n'est pas la question. On n'achète pas les gens, quand on lasse, avec des demi-mesures. On déborde d'attentions, me semble-t-il. Gilles ne débordait pas. Il s'adaptait à la demande. Il remontait avec deux cachets.

Tenez, me dit-il.

Il me tendait aussi un verre d'eau. Je le remerciai, avalai les cachets.

Je vous laisse. Vous devriez dormir.

Il s'éclipsa. Alors qu'il n'avait, à ma connaissance, rien à faire. J'invoquai la pudeur. Je n'allais pas me mettre à le détester, non plus.

On cognait. Je m'étais éveillé un quart d'heure plus tôt, fiévreux, certes, malgré l'aspirine, mais riche d'une sensation familière. J'aurais pu être chez moi. Pour peu que je vinsse d'emménager. Les Traversière se noyaient dans un brouillard où je ne distinguais, en tout et pour tout, que leur statut de propriétaires.

Je me tâtai un peu le ventre pour éprouver ma température interne. C'était bien moi, au demeurant. Moi seul. C'étaient eux qui cognaient. Lui, du moins. Gilles Traversière. Qui poussait la porte.

Serge, dit-il.

Je l'avais oublié aussi, celui-là. Au sortir de ma torpeur, il me revenait en même temps que moi. C'était comme un vêtement. Je m'habillais. Je sentais bien que j'avais envie de me lever. Pas trop physiquement, toutefois.

Comment ça va ? me demandait Gilles.

Il avait passé la tête dans l'entrebâillement, comme la veille le médecin à l'hôtel.

Moyen, dis-je.

Ça n'allait pas du tout.

Les Neufincq viennent d'arriver, me dit-il. Je voulais juste vous prévenir. Vous pouvez rester au lit, bien sûr.

Merci, dis-je.

Gilles tirait la porte, disparaissait. Je ne m'imaginais pas vraiment debout, mais j'en avais assez d'être couché. Je pensais surtout aux Neufincq. Je consultai ma montre, ils étaient à l'heure. Comme prévu. Or je suis généralement à l'heure, moi aussi. Comme les Neufincq. On est très peu, en fait. Ça m'ennuyait de les rater.

J'avais envie de voir des gens à l'heure, oui. De les cueillir à leur arrivée. C'était peut-être aussi mon souci d'être là. Quelque part. J'avais besoin de prendre un ascendant. L'idée que les Traversière occupaient tout le terrain me gênait. Je voulais me montrer un peu. Vivre, peut-être. Je ne sais pas.

Je descendis, soulagé que l'escalier fût pourvu d'une rampe. J'éprouvais la sensation de porter ma tête, tâche dans laquelle j'attendais patiemment, une main en appui dans les hauteurs de la cage, que me vinssent en aide des jambes incertaines, réagissant avec trop de lenteur à mes ordres confus. À mi-distance, toutefois, mes mouvements tant soit peu se coordonnèrent, mais il s'agissait moins d'une réunification de mes forces que d'une fédération de mes faiblesses, pour un résultat somme toute médiocre : les marches me semblaient désespérément hautes et molles, je descendais comme du sommet d'une pente sableuse. Ce ne fut que sur le plat que le sol me parut recouvrer sa fermeté, soudainement, encore qu'il m'offrît, en fait de support, ce que j'interprétais plutôt comme une résistance, un refus. Je dus, en quelque sorte, progresser avec lui de façon conflictuelle, avant de le considérer comme ce qu'il devint dans les derniers mètres : un allié, en fin de compte, sans lequel j'eusse été, sans doute, entraîné dans la chute.

J'apparus dans le salon alors que j'en étais encore à me regrouper, le pas lent, à peu près apte, sans doute, à contourner les obstacles et même à considérer l'environnement et les personnes avec un début d'acuité, voire d'intérêt, mais non point encore à rendre perceptible, pour les autres, une telle capacité, non plus qu'à m'extraire tout à fait de moi-même. Les Neufincq étaient là, eux, bien là, incroyablement présents, qui me faisaient face comme du bout d'un couloir d'hôpital où ils m'eussent attendu. Une manière de visiteurs, me dis-je, les Traversière ont dû les informer de mon état. Et de fait, comme j'arrivais à leur rencontre, ils me regardaient venir, non seulement les Neufincq mais aussi les Traversière, placés un peu en avant des Neufincq, afin de me présenter à eux, me dis-je. Serge, dit en effet Gilles à l'adresse de la femme, qui me tendit une main, Christine, me dit-il. Serge, reprit Gilles à l'intention de l'homme, qui me tendit une main, Jean-Marc, me dit-il. Eh bien voilà, ajouta-t-il à l'adresse des Neufincq, Serge ne va pas très bien mais apparemment il a préféré descendre, vous remontez quand vous voulez, hein, me dit-il. Et donc, reprit-il, Serge est de passage, c'est le seul qui ne connaîtra personne ce soir, vous allez prendre un verre avec nous quand même ? me demanda-t-il. Je veux bien, dis-je, l'alcool dans mon cas ça ne peut pas être mauvais, et je me fendis d'un sourire aux Neufincq, que je voyais plus nettement, m'apparut-il, que les Traversière, lesquels se cantonnaient dans une sorte d'arrière-plan.

Les Neufincq, donc, l'un à côté de l'autre, inséparables, me dis-je, et tous les deux ponctuels, à l'évidence arrivés ensemble, l'une ne s'étant pas attardée plus que l'autre dans ses préparatifs, blonde, le cheveu court, la pommette aiguë, les doigts frêles sur le pied du verre qu'Hélène lui tendait. Lui, bien plus grand qu'elle, cravaté, vesté, l'air d'un médecin plus que d'un visiteur, en fait, le regard comme en saillie, auquel je m'accrochai comme à une prise sur un mur d'escalade, rasséréné à l'idée qu'il ne me lâcherait pas, qu'il m'assurerait même le cas échéant par quelque propos amène.

Vous avez du mérite, me dit-il d'ailleurs sans plus attendre, d'être descendu dans votre état. Pas du tout, dis-je, songeant à part moi qu'étant descendu j'entamais maintenant une montée, avec tout en haut, là-haut, au faîte du grand Jean-Marc Neufincq, la récompense de l'effort accompli dans son regard gratifiant, qui gratifiait en vérité par avance, m'encourageant toujours, échafaudant toute une phrase, maintenant, pour me soutenir, où je perçus qu'il était classiquement question du métier que j'exerçais. Oh, dis-je, vous savez, des papiers, des téléphones, des écrans, parlons plutôt de vous. Oh, moi, dit-il, je m'occupe d'une petite entreprise, je suis dans le bain, dans les produits de bain, ça ne marche pas mal mais pour être franc ce que je voudrais c'est peindre. Il peint, d'ailleurs, intervint Christine Neufincq avec ses doigts frêles et son regard d'une douceur. Le dimanche, dit-il, le dimanche seulement. Figuratif ? dis-je. Non, me dit-il, pas exactement, et Jean-Marc Neufincq me parla de sa peinture, que je me représentai mal, j'avais aussi un verre dans la main, maintenant. Des objets, disait Jean-Marc Neufincq, mais greffés, greffés les uns aux autres, vous voyez ? De sorte que, ajouta-t-il, et là, il fit une pause.

Il chercha ses mots. Je bus une gorgée de kir. Je m'étais assis dans un fauteuil, les jambes croisées, absolument déterminé à écouter Jean-Marc Neufincq me parler de sa peinture, mais aussi, quand l'occasion se présenterait, à donner la parole à sa femme Christine. Les Neufincq, je les voulais au complet, et je finis par couper Jean-Marc Neufincq pour m'adresser à sa femme. Et vous ? dis-je.

Elle ne faisait rien. Ils avaient quatre enfants. Je ne sus pas trop quoi lui répondre. Vous lisez ? dis-je. Ah non ! dit-elle. Pourquoi ? Pourquoi faudrait-il absolument lire ?

En effet, dis-je. Je ne sais pas. Je lis peu moi aussi.

Mais je ne lis pas peu, protesta-t-elle. Je ne lis pas du tout.

Elle commençait à m'intéresser, et sans doute aurais-je, avec elle, creusé cette question si, mon verre à demi vide, la tête ne m'eût un peu tourné. En tout cas, vous êtes ponctuelle, dis-je. J'apprécie la ponctualité.

Hélène et Gilles venaient de nous rejoindre, un verre à la main, et je les soupçonnai de vouloir lancer un sujet, mais, à mon agréable surprise, ils se turent. Ils souriaient aux Neufincq, heureux de les retrouver, semblait-il, mais leur sourire m'englobait, balayant large, le même sourire, si bien qu'à leur yeux, imaginai-je, j'étais comme les Neufincq, un invité, peut-être un ami en puissance, me dis-je, à moins qu'ils ne nous eussent simplement considérés, les Neufincq et moi, comme des meneurs de jeu, car ils se taisaient toujours, je me demandai ce qui se passait, peut-être rien, je les avais connus plus bavards.

Les Neufincq et moi, nous nous regardions, maintenant. Et alors, fit Jean-Marc Neufincq à l'adresse des Traversière, comment ça va depuis la dernière fois ? Ça remonte à quand ? On s'est vus quand ? Tu t'en souviens, Christine ? C'était à Blois, non ? supposa Christine. Le week-end à

Blois, oui, reprit Jean-Marc Neufincq, juste après Noël, non ? Tu ne retrouvais pas tes chaussures, tu te souviens, ajouta-t-il à l'intention de Gilles, on a passé la matinée du dimanche à les chercher. C'est incroyable cette histoire de chaussures, me dit-il. Vous vous souvenez où on les a retrouvées ? ajouta-t-il à l'adresse des deux Traversière, qui, m'apparut-il, ne se souvenaient pas de cette anecdote des chaussures, en tout cas pas le principal intéressé. Hélène quant à elle cherchait, puis son visage s'ouvrit. Mais oui, dit-elle, et elle posa sa main sur le bras de Gilles, qui commença à se souvenir, à partir de ce moment. Et alors la conversation s'anima, je compris que les chaussures étaient restées dans le coffre de la voiture, le samedi, mais je ne compris pas pourquoi, comment Gilles avait pu rentrer en chaussettes à l'hôtel, je me sentais dans une mauvaise passe. Vous vous connaissez depuis longtemps ? les coupai-je.

Ma question s'adressait aux quatre, là, et ce furent les quatre qui me répondirent, se relayant quoique opportunément groupés, je les avais bien dans l'axe, maintenant, mon regard les balayant, et j'eus pour la première fois la sensation d'aller un peu trop loin, peut-être, de m'avancer dans une situation que je ne maîtrisais pas vraiment, d'autant moins, d'ailleurs, que ma tête s'alourdissait, que le nez recommençait à me piquer, mais je m'accrochai ou plutôt, ayant lancé un sujet, je les écoutais me répondre depuis le fond de ma fatigue, pourvu que je tienne, me dis-je.

Je ne sais pas pourquoi je voulais tenir. J'aurais aussi bien pu retourner me coucher et les laisser se débrouiller avec leurs souvenirs, sachant de surcroît que Laure était peut-être rentrée, maintenant, chez nous, mais, en même temps, je préférais qu'elle soit rentrée depuis un bon moment, qu'elle se soit installée dans quelque chose et alors je verrais bien, songeai-je, elle en aurait peut-être davantage à me dire. Par conséquent, je ne perds rien pour attendre. Et j'écoutais les Traversière, et j'écoutais les Neufincq, quinze ans, déjà, quinze ans d'amitié, presque une vie, me disais-je, et je pensais à la mienne, mais je ne me souvenais toujours de rien, et je cherchais à me souvenir et tout ce que je trouvais, par association sans doute, ce n'était ni moi ni Laure, ni rien, c'était Serge, qui s'installait dans ma tête vide, ou presque, sans grand relief, du reste, car de Serge je n'avais pas de nouvelles depuis longtemps, un peu comme moi, en fait, je n'avais plus tellement de nouvelles de moi depuis longtemps, sauf par Laure, qui m'en donnait jusqu'à présent, me renseignant sur ce que j'étais, me livrant d'utiles indices pour avancer, un pied devant l'autre, jamais plus loin qu'elle, avec elle, toujours, et même si Serge était à mille kilomètres de moi il était le seul, en ces instants, à me guider avec les Traversière et les Neufincq, c'était peu de chose, vraiment, et pourtant.

Et pourtant rien. Tout fila. Je n'écoutais plus les Traversière ni même les Neufincq, le sommeil menaçait de me prendre, je luttais contre moi, contre le rhume, je sombrais, et ce n'était pas agréable, car de nouveau Laure me rejoignait mais nous n'avancions plus ensemble, nous chutions, éternuant de concert, séparés par nos fièvres, chacun sur son lit lancé dans le vide tandis qu'autour de nous pleuvaient des thermomètres, puis des grêlons en forme de cachet, je pressai au-dessus de moi un bouton pour appeler l'infirmière et je vis se lever Gilles Traversière, ah, disait-il, ça doit être Nicole.

Je me levai, donc, on ne peut pas dire que j'avais vraiment dormi. Nous nous levâmes, les Neufincq, Hélène et moi, considérant à distance Gilles qui ouvrait. Nicole ! s'exclama-t-il. Et je compris que les choses allaient leur train, bien dans l'ordre, Nicole après les Neufincq, bon, Gilles accueillant la nouvelle venue avec fougue, comme si elle avait pu ne pas venir, ou ne pas venir dans les temps, se félicitant d'un tel miracle, hypocritement, me dis-je, à moins qu'il ne s'agisse de pure niaiserie, ou même d'amitié. Peu m'importait, en vérité, ça m'allait très bien que Nicole fût là, maintenant, que la soirée s'ébauchât de façon à ce point prévisible, d'autant que j'y avais ma place, je m'avançais d'ailleurs vers Nicole non du même pas que les Neufincq et Hélène Traversière, car à l'évidence sous le mien le plancher flottait, mais dans le même état d'esprit, sans doute, j'attendais seulement que ce fût mon tour de saluer l'invitée.

Il y eut des accolades. Quoique, m'apparut-il, les Neufincq connussent Nicole depuis moins longtemps que les Traversière, si l'on se référait chez eux à une certaine retenue. Je préférais ça, du reste, car après les Neufincq, quand je serrai la main de Nicole, je pus me dire qu'avec moi en quelque sorte on descendait d'un cran dans la familiarité, certes, mais juste d'un cran, en somme, ce n'était pas vraiment une question de statut. Peut-être aussi parce que, outre que j'étais là avant Nicole, les Neufincq et les Traversière semblaient à ses yeux assez bien me connaître, Gilles me présentant une main en appui sur mon épaule, me poussant avec douceur vers son amie, les Neufincq souriant à cette scène comme s'il s'agissait d'une annonce un peu solennelle, émouvante, du genre intronisation, du genre ce grand garçon-là vient de nous rejoindre, il s'appelle Serge, accueillons-le et remercions le Seigneur, mais n'oublions pas de prier pour sa guérison, car de fait face à Nicole le rhume m'éperonnait, et je n'avais plus qu'une main à ce moment pour y étouffer le spasme que je sentais poindre. Enchanté, parvins-je à dire cependant. Excusez-moi.

Et je me détournai de Nicole, le nez masqué de ma paume, mais j'avais eu le temps de la voir, confusément. C'était une femme jeune, à la gaieté inscrite, déjà, dans un sourire qui semblait résulter moins d'un mouvement de ses lèvres que d'un étirement natif, léger, sans doute, mais en deçà duquel il lui était impossible de régresser, de sorte qu'on était curieux de savoir comment, musculairement, elle pouvait exprimer la tristesse. Mais surtout, ce qui m'avait frappé, c'est qu'elle portait à la main une guitare, acoustique, selon toute apparence, dans son étui, mais une guitare tout de même, me disais-je, elle est venue pour chanter, songeais-je, n'oublie pas qu'il s'agit d'une fête, il y a des gens qui en pareille occasion ne reculent pas devant la perspective d'entonner un petit air, ne fais pas comme si tu ne le savais pas, tu le sais très bien, depuis toujours, sans compter que dans un anniversaire inévitablement on chante, au moment du gâteau, tu le sais aussi, et que tu n'y arrives pas, à chanter, tu le sais également, qu'au moment du gâteau et de la petite chanson tu te bloques, aucun son ne passe tes lèvres, que tu meus, au demeurant, mimant mutiquement cet époumonement consensuel, son intolérable et bêtifiante empathie, souriant, donc, allant jusqu'à sourire, des yeux, seulement, les lèvres indisponibles, entièrement sollicitées par leur pâle travail d'imitation. Mais bon, me disais-je aussi, ce n'est pas pour tout de suite, garde tes forces pour le dessert, rien n'a vraiment commencé, en fait, pour l'instant on attend les autres et on sert un verre à Nicole.

On était six, donc, maintenant, autour de la petite table du salon, et je me demandai si, l'effectif augmentant, je me sentais de moins en moins seul ou si, à l'inverse, je commençais d'éprouver ce qu'on ressent au sein des foules, cet isolement caractéristique qu'exacerbe le nombre, et de fait je n'en savais rien, j'avais l'impression de ne plus savoir grand-chose. Et peut-être, aussi, de ne pas chercher à savoir. Le vin, sans doute, dont on me reservait un verre, le rhume, bien sûr, qui me donnait à voir en Nicole une guitariste, une femme réduite à son instrument, mais sans son instrument, en somme, dont elle s'était débarrassée dans l'entrée, au profit d'un verre, donc, de sorte qu'il semblait lui manquer quelque chose, et que son sourire natif m'apparaissait comme davantage figé encore, presque mensonger, niant cette sorte d'amputation que je lui prêtais, sa guitare en moins comme s'il s'était agi d'un bras, auquel je crus à un moment qu'elle jetait de furtifs et douloureux coups d'œil, de la place qu'elle occupait. Mais peut-être s'agissait-il d'une projection de ma part, de ma crainte qu'elle ne voulût s'en servir dès ce stade de l'apéritif, où nous prenions encore nos marques, n'est-ce pas, et notamment moi, dont on parlait à Nicole, me semblait-il, qui hochait en souriant, son regard flottant à ma surface comme si j'eusse été une photo pas très nette dont on lui commentait la légende, insuffisamment explicite dans sa version d'origine.

De toute façon, nous ne restâmes pas longtemps seuls, si je puis dire, nous en étions à ce moment d'une soirée où les choses se précipitent, les gens arrivent, forcément, et ils arrivent de plus en plus vite, groupés, parfois, si bien que nous nous trouvions maintenant à douze autour de la petite table, certains debout, du reste, parmi lesquels deux couples, la main refermée sur un verre, au bout de leur avant-bras plié à angle droit, tandis qu'une pile de vêtements, sur un banc dans l'entrée, commençait de se former, et que toutes les cinq minutes on sonnait. Gilles ne me présentait plus qu'à moitié, maintenant, trop à faire, quoi qu'il en soit je ne me levais plus de mon siège, je ne crois pas que j'aurais pu.

Il y eut ce moment, plus marqué que les autres me sembla-t-il, où nous passâmes à table. Je dus me lever, bien sûr, mais pas très longtemps, je crois me rappeler que je fus dans les tout premiers à m'asseoir, pas le premier, non plus, il me semble bien que Gilles m'avait montré une chaise. Et donc j'eus bientôt en face de moi des gens que je connaissais depuis peu, Paul et Laetitia, sans doute, flanqué chacun d'un opposé par le sexe, des gens assez disparates, dont un homme très grand en position assise. En tout état de cause, Hélène apportait les entrées, Gilles servait du vin, tout le monde était arrivé, maintenant, moins Karine, se murmurait-il çà et là, quoique nous fussions déjà très serrés. J'avais de surcroît à mes côtés une femme charmante, souriante et simple, Denise, peut-être, qui présentait seulement l'inconvénient d'être gauchère, de sorte que nos coudes se heurtaient quand nous levions notre fourchette, et je dus me pousser un peu en direction d'un monsieur qui, lui, n'était pas très gênant, exceptionnellement plus âgé que moi, je pense, et qui ne parlait ni ne bougeait, ou à peine, s'alimentant avec lenteur, par bouchées erratiques, comme s'il pensait à tout autre chose ou simplement qu'il eût dîné avant de venir. Je n'avais pas très faim moi non plus, et la fièvre me tenait chaud, les gens aussi, et le vin, j'avais très peu d'espace pour me mouvoir comme pour penser. D'ailleurs je ne pensais pas, un peu à Laure, quand même, dont je savais très bien qu'elle était rentrée, maintenant, et j'aurais bien voulu l'appeler, sans doute, j'aurais même été content qu'elle fût là, je lui aurais bien dit de venir, en fait, je ne me sentais pas la force de la rejoindre. Il ne s'agissait pas, bien sûr, de la rejoindre, ni de lui proposer de venir, au demeurant, je parle de mes pensées, là, et justement mes pensées ne se situaient pas dans le concret, à ce stade, je ne visualisais plus très bien la situation, j'aurais bien pu me lever de table et dire que je partais, ce qui m'effleurait, en vérité, au même titre que le reste. En même temps, il était hors de question que je bouge, je savais que je ne bougerais plus de chez les Traversière jusqu'au lendemain, j'aurais voulu simplement que d'ici une heure environ quelqu'un m'aide à me coucher. Je commençais à bâiller, je caressais même dans l'immédiat le projet d'appuyer ma tête sur l'épaule du monsieur d'à côté, qui présentait l'avantage d'être absolument silencieux et stable, il ne s'en serait peut-être même pas rendu compte.

Je dînai, tout de même. Les plats se succédaient. C'était bon, je crois, je suis presque sûr que c'était bon, j'entendais qu'on félicitait Hélène. Il y avait en outre trois conversations en cours, auxquelles je prêtais de temps à autre une oreille, notamment à celle où, compris-je au bout d'un moment, il était question de moi, moins de mes états de service que de mon état de santé, bien sûr, conversation que ma seule attitude, sans le secours des mots, suffisait à nourrir, de sorte que je me contentais d'acquiescer, souriant parfois, c'était assez facile, en fait, et de temps à autre je lançais des « Et vous ? » dont je recevais moins la réponse qu'un écho, une sorte de modulation de ma question qui ne faisait rien avancer, des sons, seulement, un bruit de voix que je relançais comme font les sourds qui ne s'assument pas, souriant à toutes fins utiles. Je ne maîtrisais plus rien, en vérité, et pourtant les gens semblaient m'apprécier, aucune perspective de lynchage, constatais-je, alors même que j'exagérais, je le savais, mais, je le rappelle, je n'avais pas choisi d'être malade.

Je n'avais rien choisi, voilà. Rien du tout. J'étais là par hasard, si l'on veut bien appeler hasard l'orientation que prennent parfois nos vies quand elles nous échappent, et alors le hasard serait une sorte de laisser-aller, au pis, je veux bien reconnaître que je me laissais un peu aller, bon, mais je ne vois pas comment dans cette situation j'aurais pu prendre l'initiative, d'autant qu'on n'exigeait rien de moi et qu'en vérité je n'avais besoin de rien non plus, sauf de Laure, qui n'était pas vraiment là pour s'en soucier et que je n'allais pas appeler tout de suite, c'était certain, ça, je n'allais pas interrompre maintenant la conversation que Denise avait la gentillesse d'entamer avec moi, me demandant si je connaissais depuis longtemps les Traversière. Depuis ce matin, dis-je, c'est Gilles qui m'a pris en stop. Et vous ? ajoutai-je, rôdé que j'étais désormais aux mondanités, oh, moi, dit-elle.

Ils disaient tous « Oh, moi », dans cette soirée, quand on leur demandait « Et vous ? », j'avais affaire à des modestes, ça n'était pas plus mal. Denise, au demeurant, enchaîna tout de suite en me parlant d'elle, de sa gaucherie, en particulier, à la faveur d'un heurt de nos coudes. C'était gênant, en fait, en tout cas ça le serait devenu si je l'avais écoutée avec toute l'attention qu'elle réclamait, or pas du tout, je me mis à lui parler de Laure, et elle parut intéressée, elle semblait sortir d'elle-même mais pas moi, non, et je m'aperçus que le monsieur immobile sur ma gauche tendait l'oreille, je préférai me taire.

Le dessert arriva, j'allais dire par chance, mais

à cet instant, à cet instant précis où, toutes lumières soudainement éteintes, Hélène apportait le gâteau, que je connaissais bien, moi, faute de connaître les gens, et ça signifie quoi, me disais-je, de mieux connaître le gâteau que les gens, dans une soirée, mais je n'eus pas le temps de m'appesantir sur cette question car à cet instant, donc, Nicole, qui, par la force des choses, avait dû quitter la table avec Hélène sans que je m'en aperçoive, réapparaissait, accompagnant Hélène, mais aussi s'accompagnant elle-même, à la guitare, entonnant l'air redouté, dans sa terrifiante version anglaise, tandis qu'Hélène portait haut le gâteau, les bras levés à hauteur de buste, le visage souriant et spectral dans la lueur des bougies, vacillante, bien sûr, et qu'autour de moi se déployaient les gorges, à mes côtés même la timide Denise sortait de sa réserve, m'assourdissant, et même l'immobile monsieur sur ma gauche, mais quant à moi je ne bougeai pas, je ne fis même pas semblant, je me contentai de sortir mon mouchoir en conservant un œil sur la scène, personne de toute façon ne me prêtait attention.

J'en profitai pour m'absenter. Comme tout le monde s'était levé, braillant, puis applaudissant tandis que Gilles, penché sur lui-même, passé la surprise de s'être découvert portraituré à la surface du gâteau, en soufflait les bougies avec force, puis commentait son exploit avec esprit, je m'étais levé aussi, je ne sais trop comment, mais bel et bien levé, en tout cas, et, ayant pris appui sur le dossier de ma chaise, pour acquérir une manière d'élan, je me dirigeai – à la faveur du mouvement général qui s'ensuivait, chacun s'égaillant vers des sacs pour en extraire des cadeaux – quant à moi vers le salon où j'avais remarqué que, sur sa base, reposait un téléphone sans fil. Je composai notre numéro à Paris et, je ne sais trop si je m'y attendais ou non, plutôt non, je crois, Laure décrocha.

Il y eut un blanc, lequel correspondait moins à mon égarement, au demeurant réel, qu'à ma conscience, un peu retardataire, que Laure, là-bas, dans l'écouteur du combiné, devait percevoir un brouhaha qui ne pouvait lui évoquer qu'une fête, une seule, de son point de vue, celle de Philippe, à l'île de Braz. C'est moi, finis-je par dire. Tu es rentrée ?

Oui, dit-elle. Et toi ?

Ça me changeait du « Et vous ? » qui avait ponctué la soirée, mais ça ne me rassurait pas, je n'osais pas lui mentir en lui répondant que j'étais arrivé à Braz et en même temps je ne voyais pas quoi lui dire d'autre, je n'avais pas envie de me lancer dans des explications qu'elle aurait mal comprises ni dans aucune explication, d'ailleurs, je n'avais pas envie de m'expliquer, je n'avais pas envie de mentir non plus, donc, elle ne méritait pas que je lui mente, je mentis tout de même. J'y suis, là, dis-je. J'entends, dit-elle. Ça se passe bien ?

Je n'avais pas envie non plus qu'elle me pose ce genre de question, c'est moi qui en avais, des questions, autrement plus cruciales. Ça se passe très bien, dis-je. Tu veux parler à Philippe ? ajoutai-je, peut-être à cause du vin, ou de la fièvre, de toute façon je m'en fichais, elle aurait aussi bien pu me répondre oui et je lui aurais dit non, tu ne peux pas parler à Philippe, je n'y suis pas, chez Philippe, pour ce soir je suis à l'anniversaire de Gilles, c'est déjà pas mal, non ? Mais elle ne voulait pas parler à Philippe, elle ne voulait rien, c'est ce qu'elle me disait, maintenant, je commençais à en avoir l'habitude mais ça ne me plaisait toujours pas, j'aurais bien voulu d'une femme qui veuille quelque chose, n'importe quoi, que je puisse lui apporter, de préférence, or elle non, si au moins tu voulais quelque chose que je ne puisse pas te donner, dis-je, ça m'aiderait, ça serait quand même quelque chose. Ce n'est pas ça, me dit-elle. Alors qu'est-ce que c'est ? dis-je. J'ai oublié ce qui précédait ta question, me dit-elle. Là, je me sentis pris de court, je ne retrouvais pas mes idées, ni ce qui précédait ma question, ni ma question, je crois que je commençais à éprouver une sorte de vertige, écoute, lui dis-je, et j'eus soudain envie de pleurer, je ne l'entendis même pas me répondre, mais je ne savais plus si je lui avais demandé quoi que ce fût. Pardon ? dis-je. Allô ? Je vais raccrocher, dit-elle, c'est mieux. Non, ce n'est pas mieux ! m'entendis-je crier, et à ce moment je m'aperçus que Nicole, qui avait posé sa guitare, m'observait avec sévérité, ou peut-être était-ce de l'inquiétude, quant à Denise elle avait l'air nettement inquiète et il n'y avait pas qu'elle, en fait, ils me regardaient tous, leurs cadeaux répandus sur la table, Gilles lui-même arrêté net, cessant de tirer sur un nœud de bolduc, ne raccroche pas, dis-je doucement, attends un peu, je vais t'expliquer, et je les regardais tous, qui me regardaient, mais elle avait raccroché et je les regardais encore, j'avais envie qu'elle soit là et de la gifler mais c'étaient eux que je regardais, je suis désolé, dis-je, et c'est Gilles qui, délaissant son paquet, se dirigea vers moi et, gentiment, me proposa de revenir vers la table.

On me rassit. Je ne dis rien, je ne savais pas quoi dire, je regardai les cadeaux, seul, assis parmi les debout, songeant un instant que c'était pour moi, tout ça, ces bibelots, ces livres, ces disques, ces appareils, photo, radio, dont Gilles reprenait le déballage comme à contrecœur, parce qu'il le fallait, hésitant peut-être à s'extasier en raison de ma présence, voire songeant à se délivrer d'un de ses présents à mon profit, par chance cette idée ne devait que le traverser tandis que la même idée en quelque sorte inversée me traversait, moi aussi, excusez-moi, dis-je. Et je me levai, personne ne m'en empêcha, ils étaient tous étonnés, surtout, que j'en fusse capable, et je sentis les regards sur moi, de nouveau, dans mon difficultueux trajet vers l'entrée, où je trouvai mon sac, puis le fouillai, à genoux, mettant au jour des pulls, ma trousse de toilette, une paire de baskets et enfin ce que je cherchais, le paquet que j'avais pris bien pris soin d'emporter, en quittant Laure, je l'apportais à deux mains, maintenant, de retour vers la table, comme un ostensoir, avec son bolduc un peu fripé, le tendais à Gilles et lui souhaitais un bon anniversaire.

Il y eut la surprise de Gilles, puis des applaudissements, qui, estimai-je, m'étaient au moins en partie destinés, je revenais clairement dans le jeu, à ce moment, mais je n'étais pas tout à fait apte à m'en réjouir, je haïssais Laure et regardais Gilles qui retardait d'ouvrir mon cadeau, ça faisait beaucoup, en quelques secondes, mais je me souciais d'abord du cadeau, bien sûr, c'est étrange ce que dans certaines situations le comportement des personnes présentes peut réclamer, comme énergie, alors que les absentes en vérité vous occupent le cœur et le ravagent tranquillement. Mais c'est ainsi, j'étais ennuyé que Gilles, toujours surpris, se fît dubitatif, hésitant maintenant à ouvrir mon cadeau avant ceux que les autres, déjà, avaient déposés sur la table.

Gilles, donc, tout en s'attardant sur moi du regard, reposait mon paquet, continuait le déballage, et je craignis qu'il ne découvrît mon cadeau logiquement que tout à la fin, ce qui eût été une autre façon de me mettre en vedette, en un sens, de sorte qu'il n'avait pas vraiment de moyen de s'en sortir, non plus que moi, il fallait faire avec ce cadeau, désormais. On en était d'ailleurs tous conscients, à des degrés divers, la plupart d'entre nous ignorant que je n'avais pas eu matériellement le temps de procéder à cet achat depuis mon arrivée chez les Traversière, d'autres, comme Gilles lui-même et Hélène, et peut-être à un degré moindre les Neufincq, reconstituant la seule explication possible, savoir que j'avais mis à profit ma course chez les boulangères pour trouver ailleurs, dans je ne sais quelle improbable boutique, quelque chose à offrir à mon hôte, justifiant mon retard, comme on sait, en invoquant la queue à la boulangerie mais aussi mon égarement, rien sur mon passage à l'hôtel, bien sûr, ça, c'était ma vie, n'est-ce pas, ça ne les regardait pas, car il n'y avait pas qu'à Laure que je mentais, je leur mentais aussi à eux, je mentais à tout le monde, et ça n'était pas fini, ils ne savaient pas ce que j'allais raconter à Philippe, le lendemain.

C'est comme ça, me disais-je. Je ne sais pas pourquoi, je ne sais toujours pas pourquoi j'en suis là, à mentir, maintenant, mais c'est comme ça. Et Gilles continuait de déballer, on arrivait à la fin, bientôt, on s'était à peu près extasié sur tout, la cravate, le rasoir, et à ce moment on sonna, c'est Karine, dit Gilles, il n'y a qu'elle pour arriver après le dîner. Hélène alla ouvrir, c'était bien Karine, s'excusant, brune, s'avançant, arrachant sa veste, je suis désolée, Gilles, un sachet dans les mains, les yeux vifs, les jambes intéressantes, exposées au sortir d'une jupe droite, bon anniversaire, je vois que j'arrive quand même pour le gâteau. On était tous debout autour de la table, à ce moment, sauf moi, toujours assis, Gilles évidemment ouvrait le sachet de Karine, découvrait, s'exclamait, remerciait, embrassait, il ne restait plus que mon paquet, il l'ouvrit. Je n'y étais plus pour personne, moi, je ne connaissais pas du tout les goûts de Gilles. Ah, dit-il. Incroyable ! s'échauffa-t-il contre toute attente, tu le crois, ça, Hélène, qu'il nous ait justement lâché la semaine dernière ? Vous avez trouvé ça où ? me dit-il, brandissant mon cadeau comme une coupe, mais il s'aperçut que pour la plupart des gens ici sa question était incongruë, qu'importe, poursuivit-il, c'est vraiment gentil et ça ne peut pas tomber mieux, on s'en servira dès demain matin, conclut-il en reposant mon cadeau sur la table. Et si on le découpait, maintenant, ce gâteau ?

Hélène se mit au travail, tranchant le portrait de Gilles en s'efforçant d'épargner les yeux, surtout, j'héritai personnellement d'un coin de la bouche, Nicole d'une joue et ainsi de suite, de notre hôte éparpillé ne resta bientôt plus que l'original, qui pria tout un chacun de passer au salon pour le café. Il y eut un mouvement, donc, de nouveau, moins synchrone qu'auparavant, qu'alourdissait la digestion, sans doute, le regroupement au salon s'effectuant de façon étalée, avec quelques éléments qui restaient franchement en arrière, composant de petites poches de résistance, poursuivant des conversations que leur provisoire isolement leur permettait de fortifier, de prémunir contre l'émiettement que n'eût pas manqué d'induire leur immersion dans le brassage de la fête. Moi, je suivais, j'étais dans le peloton en quelque sorte, disons, pour filer cette métaphore cycliste, dans la roue de Gilles, aux yeux de qui j'avais hérité de quelques points d'avance, d'avance par rapport à quoi, me disais-je, je ne suis pas sûr d'avoir encore grand-chose à lui demander. Dans l'immédiat, toutefois, il m'était utile, son épaule, du moins, où je m'appuyais comme amicalement mais en vérité par besoin de me tenir, et c'est ainsi que nous nous retrouvâmes tous au salon, où l'on me plaça dans un long canapé, du côté de l'accoudoir.

Je regardai les gens, face à moi, plus ou moins en cercle, certains sur des chaises, découvrant deux ou trois visages que je n'avais pas enregistrés à table, dont celui d'une femme assez forte, aux joues rouges, qui, m'apparut-il, était venue en tablier, à moins que sa robe n'imitât ou plutôt n'intégrât cet accessoire par le biais d'une impression, l'impression de la robe, donc, ou encore la mienne, à moi, qui cherchai à me convaincre que cette femme n'avait pas été engagée pour la cuisine, et je n'arrivais pas à voir, dans l'état où j'étais, fiévreux, très évidemment, si la bonne impression était la première, celle de la robe, je n'y arrivais pas du tout et je me serais presque levé pour aller le vérifier si j'en avais eu la force, mais non, je fis au contraire un choix que cette femme aurait pu mal interpréter, au cas où elle s'en serait souciée, je cessai de la regarder, je m'en désintéressai alors même qu'elle était peut-être intéressante, je ne la juge pas, là, c'est simplement une femme que je n'ai pas connue du tout, voilà.

Je reportai mon attention sur Nicole, je préférais m'occuper à regarder les gens, dans l'espoir que ça ferait passer ma fureur, Laure, donc, je m'efforçais de l'oublier autant que possible, pour l'heure, je me reportai sur Nicole à cause de sa guitare, souhaitant me distraire par la peur, que j'essayais de nourrir, afin qu'elle m'investît entièrement, que ladite Nicole empoignât ladite guitare dans ces instants critiques d'après repas où l'ambiance parfois tend à fléchir. Or je constatais que Nicole n'avait pas pris avec elle sa guitare, laissée dans l'entrée, sans doute, mais peut-être pas rangée dans son étui, de sorte que j'attendis qu'elle allât s'en saisir. Mais pas du tout, le temps passait et Nicole n'allait pas chercher sa guitare, et l'idée me vint, qui se précisa au cours de la soirée, qu'elle l'avait apportée à seule fin de s'accompagner sur *Happy birthday to you,* à cette fin et à aucune autre, soit qu'elle n'eût connu que les accords de cet air, soit qu'elle n'aimât pas plus que ça jouer de cet instrument, soit que parmi notre assemblée personne n'eût vraiment goûté son style et qu'elle l'eût su, ne cherchant pas à s'imposer coûte que coûte, soit que c'eût été pour l'essentiel, dans l'esprit de chacun, une soirée sans chansons, mais aucune de ces raisons ne me satisfaisait, sollicitant opportunément ma réflexion.

Et, comme je l'ai indiqué, le temps passa, à demi fasciné que j'avais été par la cuisinière au tablier sans fonction, puis par Nicole et sa guitare obsédante, jamais regrattée, bercé aussi que j'étais maintenant, avec des soubresauts, toutefois, par une conversation qui allait fédérant la majorité des présents et où il était question de la guerre à laquelle nous ne prenions pas part, nous, la France, allusion à ma nationalité qui me choqua, du reste, surtout ce soir-là où j'eusse aimé cerner mieux mes contours, les resserrer, en somme, et non les étendre à cette entité un peu large, m'apparut-il, dans laquelle je me sentais flotter. Je craignis même à un moment qu'on ne me demandât mon avis, mais non, on me respectait, je crois, m'adressant ce genre de regards qu'on destine à un allié potentiel, mais non acquis, tandis que faute de hocher, préférant rester sur ma réserve, je dodelinais. D'ailleurs, la conversation se délita, de nouveau il y eut plusieurs groupes distincts, ou que je distinguai à peu près, dont j'essayai d'observer les membres : les connus, les moins connus, les inconnus, encore, à ce stade de la soirée, un ou deux, pas plus, dont une femme que je n'avais pas vraiment vue, assise qu'elle était à mes côtés dans le canapé, et qui avait entamé avec moi une conversation, concernant mon état, une fois de plus, c'était un sujet comme un autre, après tout, auquel j'accrochai mollement, repérant face à moi les Neufincq et les Traversière, les anciens, en quelque sorte, qui s'animaient de leur côté. Mais je ne les voyais plus comme des gens que je connaissais mieux que les autres, ils s'y fondaient, dans les autres, j'avais face à moi du monde, du bruit, des visages, et moi je n'étais nulle part ni avec personne, il y avait juste Laure au loin et cette voix près de moi qui s'éloignait, revenait, véhiculant des propos lâches, que je n'identifiais pas toujours, auxquels je répondais sans m'en rendre compte, parce qu'on doit répondre, on ne se mure pas dans le silence comme ça, non, je répondais, donc, sans relancer, mais je répondais, et cette voix, même pas cette bouche, que je ne voyais pas, ou si peu, que je ne cherchais pas à voir, en tout cas, je n'en avais pas la force, cette voix me devenait familière, comme ce matin les Traversière. Non que j'en eusse connu l'émettrice, mais les propos qu'elle portait, oui, le sujet, donc, pas mon rhume, non, mais, au bout d'un moment, un mot, un mot que j'avais dû lâcher par inadvertance et qui me revenait, un nom de lieu, exactement, et je m'éveillai un peu, alors, je dis pardon ? Et la voix me répondit Braz, oui, je pars moi aussi demain pour l'île de Braz, si vous voulez je vous emmène, vous n'avez pas de voiture, c'est bien ça ?

Bien sûr, je la regardais, maintenant, c'était la moindre des choses. Et je la vis vraiment, les yeux, la bouche, la chemise, mais pas davantage. J'avais assez de son visage, de son buste, je voulais voir le visage et le buste, ça me paraissait suffisant, mais indispensable, absolument indispensable, de cette femme qui se rendait à Braz le lendemain. Et je faillis lui demander si elle connaissait Philippe, si elle se rendait chez Philippe. Auquel cas, notai-je, nous eussions été deux, présents ce soir-là, à fêter un jour après l'autre deux anniversaires, dont l'un avec le même retard, exactement. Et donc je lui demandai juste, avec la liberté qu'autorisait le flottement général dont j'étais la proie, pour quelle raison elle se rendait à Braz.

Et vous ? me dit-elle.

J'eusse préféré qu'elle me répondît d'abord. Mais je me devais de rester poli, et, comme il était hors de question que je lui dise la vérité quant aux deux anniversaires – dont, pour ce qui me concernait, la succession était réelle –, comme je me refusais à passer pour un maniaque des anniversaires, pas même capable, du reste, de vivre sa manie jusqu'au bout en faisant preuve de ponctualité pour les deux événements, comme je ne voulais pas, en quelque façon, passer pour un maniaque raté, je lui répondis que je me rendais chez un ami qui avait là-bas une maison. Ce qui était d'ailleurs la vérité et qui m'autorisait, maintenant, à lui renvoyer son « Et vous ? ». Avec la crainte, toutefois, que, dans l'échange embué qui avait précédé sa repartie sur Braz, je lui eusse déjà raconté ma vie entière. Mais de toute façon c'était trop tard. En outre, je m'en fichais. J'avais commencé à mentir ce soir-là, et ma dignité ne me posait pas de problème particulier.

Elle avait aussi des amis à Braz, donc. Elle les rejoignait pour une semaine. Elle cherchait d'ailleurs à acheter, comme eux, comme beaucoup, précisa-t-elle, ça devient de plus en plus difficile de trouver, et puis c'est très cher, mais c'est une décision que j'ai prise. Pas de voitures, dit-elle, deux restaurants, des plages partout, juste le bruit des mouettes et des dérailleurs, sur les vélos, vous connaissez mieux que moi, dis-je. Je n'y suis jamais allé, précisai-je.

Il est d'ailleurs possible, poursuivit-elle, que je le connaisse, ce Philippe.

Je ne me rappelais pas l'avoir nommé. Mais, comme je ne me souvenais pas non plus du reste, je ne m'en étonnai pas outre mesure.

C'est très petit, Braz, dit-elle. Il est comment, votre ami ?

Eh bien, lui répondis-je, et, tout en lui décrivant Philippe, pour autant que j'en fusse capable, je la regardai elle, mais pas qu'elle, un visage avec quelques angles, donc, mais proportionné, comme celui d'Hélène, m'avisai-je, qui nous observait, alors, moins anguleuse, mais proportionnée aussi, notamment à cette femme, comme si elle en figurait une version antérieure, moins accusée, Hélène à qui j'adressai un sourire, ainsi qu'aux Neufincq. Mais non, leur souriai-je donc aussi, aux Neufincq, je ne vous oublie pas, chers amis, c'est simplement que dans une soirée il advient qu'on prenne langue, qu'on se découvre des centres d'intérêt autour desquels on gravite, fatalement. Merci pour tout, avais-je l'air de leur dire, j'imagine, car ils affectaient de se désintéresser de moi, à présent, vaquant à leurs propres échanges, avec en main de récents petits verres encore vides, dont deux nous échurent à l'extrémité d'une chaîne, à cette femme et à moi. Pas d'alcool, merci, dit-elle. Volontiers, dis-je. Je vois peut-être qui c'est, me dit-elle. Tout le monde se côtoie plus ou moins, là-bas. Et Gilles et Hélène ne connaissent pas Braz ? dis-je, tandis que je maintenais mon verre sous le goulot d'une bouteille dont je m'avisai soudain que c'était Gilles qui l'inclinait, tant pis, me dis-je, mais j'attendis tout de même qu'il eût empli mon verre et qu'il se fût éloigné avant de reprendre. Ils n'y vont pas, repris-je donc, Gilles et Hélène ? Ils ne savent pas que vous y allez ? Vous ne leur en avez jamais parlé, de cette île ? Mais vous savez, me répondit-elle, je ne les connais pas plus que ça, Gilles et Hélène, je ne connais pratiquement personne, ici, c'est par Paul que je suis là. Vous connaissez Paul ? dis-je. Paul, de Paul et Laetitia ? Oui, dit-elle, là, sur votre gauche. Parce que vous les connaissez, vous ? me demanda-t-elle. Non, répondis-je, bien sûr, que je ne les connais pas, je suis comme vous, je ne connais personne, ici, j'ai attrapé leur nom au passage, je suis de passage, j'ai dû vous le dire. Vous ne m'avez pas dit grand-chose, me répondit-elle, vous vous êtes surtout mouché. Pardonnez-moi, dis-je. Je vous en prie, dit-elle, ça ne me gêne pas, je suis vaccinée, vous devez avoir de la fièvre, non ? Oui, dis-je, mais on n'a pas déjà parlé de ça ? Au début ? Si, dit-elle, mais vous n'aviez pas l'air de m'écouter, je vous redemande donc maintenant si vous avez de la fièvre, et vous me répondez que oui, on pourrait donc repartir de là, non ? Oui, bon, dis-je, si vous voulez, mais ça n'est pas très passionnant, comme sujet, et de mes yeux enfiévrés je rencontrai les siens. Oublions un peu ma fièvre, dis-je, parlez-moi plutôt de vous, il y a des chances que ce soit plus intéressant, non ? Vous devez être plus intéressante que ma fièvre. Parce que sinon, ajoutai-je, mais je ne voulais pas la froisser, sauf que c'était fait, ce qui ne l'empêcha pas de me répondre Oh, mais elle n'ajouta pas *moi,* oh, je ne sais pas, me répondait-elle donc, comme si je n'avais rien dit de vexant, je me porte bien, je pars demain à Braz, et voilà que je vous rencontre et que ça me change, voyez-vous, je vous trouve moyennement agréable et ça me change, oui, je ne connais que des gens aimables et sportifs. Vous pratiquez un sport ? dit-elle. Non, dis-je, pas du tout, je ne crois pas me souvenir d'avoir développé aucun muscle, mais, ajoutai-je à toutes fins utiles, encouragé par son ouverture d'esprit, je ne cherche pas à vous faire plaisir, je m'en fous, de vous faire plaisir, c'est le cadet de mes soucis, vous savez. Je sais, dit-elle, j'ai remarqué, ça ne me gêne pas non plus. N'empêche que même si ça vous agace j'apprécie les gens comme vous, ajouta-t-elle, grands dieux, me disais-je, qu'est-ce que je dois faire pour qu'elle ne m'apprécie pas, cette femme, l'insulter, lui tourner le dos, lui dire qu'elle me déplaît, j'apprécie les gens comme vous, disait-elle donc, pas musclés, pas aimables, pas bavards, et même fiévreux, oui, affirma-t-elle, au moins vous montrez quelque chose, ce n'est pas comme eux, qu'est-ce qu'ils montrent, eux, hein, vous pouvez me le dire ?

Mais ils sont très gentils, protestai-je. Ils sont bien.

Ils ne sont pas bien du tout, dit-elle, et d'ailleurs je ne sais pas ce que je fiche là, je connais à peine Gilles, je n'aurais jamais dû venir ce soir alors que je pars demain très tôt, je vais rentrer, attendre un peu et puis rentrer, comment fait-on, pour demain, vous et moi ? Vous voulez toujours que je vous emmène ?

Je ne me rappelais pas que je l'avais jamais voulu, qu'elle m'emmenât, de sorte que je me posai pour la première fois la question de lui répondre, sachant par déduction que c'était la seconde fois qu'elle me le proposait, de m'emmener, et je me dis que de toute façon j'allais lui dire oui, que ça risquait de me faire arriver plus vite à Braz et que je voulais en finir avec Braz, avec Philippe, et qu'après seulement je verrais bien avec Laure, en revenant, donc, sauf qu'avant j'aurais peut-être vu aussi, en la rappelant, mais qu'en attendant j'y allais, à Braz, puisque Laure ne m'avait pas demandé de revenir, elle ne m'avait rien demandé de tel, non ?

Non quoi ? me relança mon interlocutrice, qui semblait très près de mes pensées, au point d'en saisir l'échappée sur mes lèvres.

Non, rien, dis-je, enfin si, je veux bien que vous m'emmeniez, je dois absolument aller à Braz demain, et donc le plus vite sera le mieux, mais je ne vais pas tout lui redire à haute voix, me freinai-je. Merci.

Bon, dit-elle.

Bon, me dis-je. Maintenant que je sais ce que je vais faire demain et dans quelles conditions, qu'est-ce que je fais ? Je me rendors ?

J'espère que je ne vous choque pas, dit-elle.

Pardon ? dis-je.

J'espère que ça ne vous choque pas, disais-je, répétait-elle apparemment, que je vous propose de venir dormir à la maison, dans la mesure où je vis seule mais où demain je pars tôt et que je n'ai pas envie de déranger Gilles et Hélène en venant vous chercher chez eux à l'aube.

Heu, dis-je, je ne sais pas. Je dois passer un coup de téléphone.

Vous pouvez passer tous les coups de téléphone que vous voulez, me dit-elle, ça n'a pas de rapport. Vous comprenez ce que je dis, là, au moins ? Vous m'écoutez ? Vous vous sentez très mal ?

Pas très bien, dis-je, en tout cas. Chez vous, dis-je, oui. Pour dormir, c'est ça ?

À peu près, dit-elle.

Eh bien pourquoi pas, dis-je, et je me demandai si j'avais vraiment envie de quitter les Traversière, dès ce soir, je crois que non, mais en même temps me déplacer dès ce soir, ça me semblait mieux, ce serait la garantie que je me déplacerais le lendemain. Et je voulais partir le lendemain, puisque. Bref. Je me demandais seulement si j'en serais capable. Physiquement.

Vous allez me demander de conduire ? m'enquis-je. Demain.

Ne vous inquiétez pas pour ça.

Alors je veux bien dormir chez vous, dis-je. Mais je dois téléphoner.

J'ai compris, dit-elle. Téléphonez donc maintenant.

Je préfère attendre.

Vous m'intriguez, me dit-elle. De quoi s'agit-il ?

Ah, ah, dis-je. C'est toute une histoire. Pas drôle du tout. Je ne pourrais même pas la raconter, si je voulais.

Vous ne voulez pas.

Non.

On nous regardait, à ce moment. Et je m'aperçus que nous devisions au milieu de leur silence. Ils étaient tous là, les Traversière, les Neufincq, Paul et Laetitia, Nicole, Karine, Denise, la cuisinière, le monsieur immobile et les autres, à se taire avec application, sans doute au départ pour des raisons de creux, dans leur conversation, d'ange qui passait à notre insu, mais désormais attentifs, quoique discrètement, comme si faute de mieux nous étions devenus, cette femme et moi, le centre de leur intérêt. Mais, quand ils comprirent que je m'en étais aperçu, ils reprirent tant bien que mal leurs propos, les relançant pauvrement, avec des airs empruntés qui me firent peine. Je m'en voulus de les avoir mis mal à l'aise. Ce que je souhaitais à l'origine, moi, c'était que la soirée suivît son cours et qu'on m'accordât seulement l'attention nécessaire, pas davantage. Or de nouveau j'étais devenu une gêne, et c'est sans doute ce qui me décida, mais de toute façon il ne manquait plus grand-chose, j'étais déjà à Braz, là, pratiquement. Je chuchotai à mon interlocutrice qu'on pouvait y aller quand elle voulait, maintenant, que je ne tenais pas à la retarder. Il fallait seulement que je dise au revoir et merci dans des conditions décentes. Bon, dit-elle. Moi aussi. Je suppose que je vais me lever la première.

Je veux bien, dis-je.

Je tentai, quand elle se leva, tandis que j'étais encore assis, de voir à quoi ressemblait, debout, la femme qui m'emmenait à Braz le lendemain dans sa voiture après m'avoir proposé de dormir chez elle pour, avait-elle dit, ne déranger personne. Je dis bien je tentais, car, dans mon état, la contre-plongée à laquelle j'étais astreint induisait une distorsion qui l'étirait dans le sens de la hauteur, cependant qu'elle accusait ses angles faciaux, la rendant, me dis-je, plus sèche qu'elle ne doit être, moins plaisante, quoique indéniablement elle ait de l'allure. En tout état de cause, il ne s'agit pas d'une femme laide, et donc, songeai-je, personne dans cette assemblée ne sera surpris, du moins à l'extrême, que nous la quittions, cette assemblée, elle et moi, d'un mouvement concerté, et pour tout dire ensemble, puisque la vraisemblance est de notre côté. Nous ne sommes pas désassortis, si cette femme a de l'allure, donc, je ne suis pas pour ma part accablé d'une difformité, quoique, accablé, je le sois, mais difforme, non, je suis sortable, me disais-je, juste enrhumé à mort, voilà, et alors, il y a aussi notre entente, entre cette femme et moi, nos affinités, aux yeux des autres, j'entends, entre nous c'est une autre affaire, ça ne les regarde pas, et tant pis s'ils croient que nous allons nous tomber dans les bras sitôt passé la porte, elle et moi, à la rigueur ils seront complices, ils se diront que cette fête a servi à quelque chose.

Ça m'aidait, de me mettre à leur place. Ça m'aidait à quitter la mienne, quoique rien n'eût été encore fait dans ce sens. J'adorais ma position dans ce canapé, dont le dossier était assez haut pour que j'y appuie ma tête, sans parler de l'accoudoir. En outre, je vivais assez mal l'idée d'abandonner dès à présent les Traversière. C'était comme si je les avais usés, depuis le début, comme un de mes mouchoirs, et que je les jetasse, en leur laissant toutefois, avec mon cadeau, une façon d'indemnité qui m'encouragea à me hisser, tout doucement, en prenant appui sur mes deux paumes. De toute façon, ils ne me regardaient plus, ils pensaient sans doute, à ce stade, que je m'étais de nouveau recroquevillé dans mon siège après l'effort verbal que j'avais fourni auprès de cette femme qui les saluait, maintenant, sans qu'ils fissent clairement, pour l'instant, le lien avec mon départ à moi, qui pourtant n'aurait su tarder, désormais, parce que je m'étais levé, là.

Et, à la verticale, je tenais. Je vis soudain les choses de haut, les gens, donc, mais aussi moi-même, levé pour partir, avec cette femme, elle tombait bien, en fait, tout se déroulait au mieux, je n'avais plus qu'à me laisser porter en maudissant Laure, en me préoccupant de ce qu'elle mijotait, là-bas, chez nous, là où il était logique qu'elle se tînt, en un sens, mais pas sans moi, n'est-ce pas, je n'aimais pas beaucoup qu'elle m'eût amené à prendre mes distances avec elle comme si c'était moi qui n'étais pas rentré, en somme. Et le fait que j'allais repartir ne militait pas en sa faveur, parce que, à chaque pas que j'effectuais pour me rapprocher d'elle tout en m'en éloignant dans l'ordre de la géographie, c'était elle qui prenait du champ sans bouger le moins du monde.

Debout, donc, je l'étais, et prêt à partir, sans doute, mais elle ne perdait rien pour attendre, le temps et l'espace travaillaient pour moi. Je les agrandissais, le temps et l'espace, je tirais dessus, et, même si je craignais que la corde ne lâche, à force, c'était quand même moi qui la tenais, avec l'aide des autres, en plus. Parce que seul, évidemment, je ne dis pas que j'aurais pu. Avec les Traversière et tous les autres, oui. Avec cette femme, aussi, qui n'était pas prévue, et qui visiblement s'intéressait à moi, ce qui me convenait tout à fait pour autant qu'elle ne nourrît pas l'espoir que ce fût réciproque. J'aurais juste voulu qu'elle comprenne que je l'acceptais, et que même quand elle m'hébergerait, tout à l'heure, ça ne me dérangerait pas. J'avais, elle aussi, l'impression de la connaître. Il n'était d'ailleurs pas impossible que j'eusse, par le passé, quitté une femme comme elle.

En attendant, je la rejoignais. Plus précisément, je faisais un large détour en direction des Traversière. Ils semblaient consternés. Je pense qu'ils avaient repéré ma manœuvre. Vous vous entendez bien avec Florence, me dit Gilles en me tendant une main, un mince sourire aux lèvres. Vous partez avec elle ?

Ce n'est pas ce que vous croyez, dis-je. Il se trouve que Florence, c'est d'ailleurs vous qui m'apprenez son nom, se rend à l'île de Braz demain. Vous le saviez ? Et qu'elle m'emmène. Vous connaissez Braz ?

Non, me répondit Gilles, pas du tout, mais c'est

formidable, pour vous ! C'est formidable ! répéta-t-il en cherchant à portée de voix un autre interlocuteur que moi, qui pût prendre vraiment la mesure de la chance que j'avais, parce qu'apparemment je n'étais pas le mieux placé pour ça, à ses yeux. Mais il n'était pas qu'enthousiaste, il était déçu, aussi, et, s'il affectait de s'exclamer en recherchant un témoin, je sentais, derrière son entrain, comme une lamentation. Je ne connais ni Braz ni Florence, sauf de nom, me dit-il. Les deux. C'est Paul qui l'a invitée.

Alors, vous partez ? intervint Hélène, qui venait de nous rejoindre et qui me tendait à son tour la main. Eh bien au revoir, Serge. J'ai été contente de vous connaître.

Moi aussi, dis-je.

Ce que j'avais du mal à faire passer, c'est que j'étais sincère.

C'est l'occasion, dis-je, vous comprenez. Et puis elle ne m'aurait jamais pris en stop, cette femme.

Tout dépend, remarqua Gilles, comme si l'atmosphère se détendait, mais ça m'aurait étonné. On ne sait pas.

De toute façon, j'aurais pris le train, dis-je.

Ah, fit Hélène.

Florence s'avançait vers nous. Elle venait de saluer Paul et Laetitia, quelques autres.

Je suis obligée de vous laisser, dit-elle. Je dois me lever tôt.

Je baissai le nez.

Je pars en voyage, précisa Florence.

C'était insupportable. Je levai le nez. Fis face aux Traversière.

Bon, dit Florence. Votre soirée était épatante.

Je hochai. Florence ne me regardait pas. Je lui fais peut-être honte, en fait, me dis-je. Elle a peut-être honte mais elle m'emmène quand même. Je l'attire sexuellement. Son problème, c'est qu'elle ne peut pas résister. Elle est attirée par les hommes malades, bon. Ça ne se raconte pas à tout le monde.

Si je n'avais pas été avec elle, j'aurais souhaité que mes hôtes me raccompagnent à la porte. Là, c'était différent. On les lâchait un peu, me semblait-il. Et, comme Florence leur avait dit qu'on partait, et qu'elle n'était bavarde qu'avec moi, apparemment, on partait. On entamait notre demi-tour, elle et moi. Mais, en fin de compte, je n'arrivais pas à me faire à l'idée que les Traversière ne nous raccompagnent pas. Je me retournai discrètement pour voir s'ils nous suivaient tout de même et m'apprêtai, si ce n'était pas le cas, à habiller mon regard d'un petit signe de la main. Cependant, je ne sus jamais s'ils allaient nous emboîter le pas ou s'ils étaient à tout le moins habités par le regret de ne pas le faire, car, à ce moment, je me pris les pieds dans un kilim qui était là, plissé en plusieurs endroits par le piétinement de la fête. Je chutai vers l'avant, m'accrochant de justesse au bras de Florence qui malheureusement ne put me retenir. Je l'entraînai avec moi jusqu'au sol, où nous nous reçûmes diversement, moi la précédant de peu, la lâchant afin de me protéger le visage, sans tout à fait empêcher que mon nez n'entrât en contact avec le plancher ni que mon genou gauche ne le heurtât avec une violence relative, tempérée par l'existence, indiscutable, d'un autre point d'impact.

Florence cependant s'affalait à demi sur moi, m'écrasant tout le côté gauche, et je dus rouler un peu sur moi-même afin de me dégager, sans du tout, au reste, la mettre en péril, car, tombée, elle l'était déjà, en somme, et sa chute, dès lors, se poursuivit d'une très faible hauteur, équivalant en gros à mon embonpoint. J'appris, plus tard, qu'elle ne s'était même pas fait mal. Quant à moi, j'ignorais dans quel état je me trouvais exactement, ce dont je commençais à prendre l'habitude, d'ailleurs, ignorant notamment quel degré de fièvre j'avais atteint au cours de la soirée, ni quel taux d'alcool, ni quel niveau de la désillusion, mais enfin je crois pouvoir affirmer que ça n'allait pas bien fort. Et je pensais, toujours allongé, au courage qu'il m'avait fallu précédemment pour me lever, reléguant la perspective d'une nouvelle érection dans les limbes d'un avenir au statut problématique, pas obligatoirement proche, me disais-je. Je tentai, en attendant, de me mouvoir sur le côté, de façon à mieux accéder, dans un premier temps, à une position assise, quelle qu'elle fût, du reste, je me serais contenté d'un semblant de lotus, mais c'était trop demander, sans doute. Tout ce que j'obtins, ce fut, dans un premier temps, une façon de pose à la romaine, un coude au sol, le menton en appui sur une paume, mon regard ne parvenant pas tout à fait à se lever, lui non plus, sur la quasi-totalité des invités qui autour de moi avaient commencé de former un cercle, tandis que Gilles, d'un côté, et Florence de l'autre se penchaient sur moi, le premier me demandant si ça allait, la seconde m'en réclamant la confirmation. Et, toute dignité m'abandonnant, j'acceptai que convergeassent vers moi l'ensemble des sollicitudes, ne refusant l'aide de personne, donc, prêtant mon coude à Hélène qui s'efforçait de me hisser, mais aussi bien mon aisselle à la solide poigne de Jean-Marc Neufincq, cependant que Florence, encore elle, posait sa main au creux de mes reins, toutes poussées et tractions se conjuguant non pour m'amener à dominer cette fin de fête dans quelque position triomphale, mais plus modestement pour me mettre debout, ce qui advint, au prix toutefois de mon appui, de la main gauche, sur l'épaule droite que Florence me prêtait, maintenant, afin d'atténuer la douleur de ma jambe gauche, dont je rechignais à faire pleinement usage.

Nous étions donc, elle et moi, en quelque sorte, de nouveau prêts à partir, avec cette réserve qu'il nous faudrait sans doute redire au revoir après avoir donné, c'était la moindre des choses, des nouvelles de notre santé à l'assemblée qui, semi-circulairement, continuait de nous faire face. Quant à passer avec Florence le seuil de la porte sans trop attirer l'attention, comme j'en avais formé le projet, c'était désormais exclu. Mais, en un sens, ça n'était pas plus mal, le groupe des invités de même que nos hôtes nous considérant non plus avec d'éventuelles arrière-pensées mais avec le naturel que confère le partage d'une épreuve, lequel donnait à notre trop récente connivence une assise, une antériorité, comme si d'avoir chuté ensemble nous héritions d'un passé, enracinant in extremis notre relation dans un indiscutable fonds commun. Ça va ? me demanda Jean-Marc Neufincq, qui s'exprimait clairement au nom de tous. Rien de cassé ?

J'ai pris un coup, dis-je. Je vais avoir un petit bleu, trois fois rien. Vous êtes tous très gentils. On va y aller. Merci encore.

J'avais dit « on » sans réfléchir, bien sûr, si j'avais réfléchi je n'aurais dit que « je » ou plutôt je n'aurais rien dit, et donc c'est curieusement Florence qui m'avait incité à prendre la parole, merci à elle, songeai-je, maintenant j'aimerais bien qu'elle prenne le relais parce que je ne pourrai pas tenir longtemps comme ça, en appui sur son épaule, avec en outre le poids de cette sorte de couple qu'au débotté nous formons, même si ça n'est plus un problème, désormais. C'était une belle fête, vraiment, déclara-t-elle à mon soulagement, ne nous raccompagnez pas, merci à tous, bon anniversaire, Gilles, au revoir, au revoir, ajouta-t-elle en agitant sa main libre, l'autre me tenant encore par la taille, tout en pivotant en direction de la porte. Et, cette fois, j'avançai avec elle sans me retourner, c'était fait, on avait dit au revoir, je n'avais plus qu'à marcher. Ce qui n'était pas rien, certes, mais j'avançai, au passage je ramassai mon sac, quand je pense qu'ils sont tous derrière nous à nous regarder partir, songeai-je. Sauf Gilles, qui nous raccompagnait, en fin de compte. Qui nous ouvrait la porte. Au revoir Florence, disait-il. Au revoir, Serge. Ça me fit drôle, de le quitter comme ça. C'était un peu sec, m'apparut-il. Mais je n'avais pas le choix. Rien ne m'empêcherait, plus tard, de penser à lui avec regret.

J'y pensai tout de suite, en vérité, pour autant que la douleur m'y autorisait. Sitôt inséré dans le véhicule de Florence, à l'habitacle étroit, ayant donc fait passer ma jambe gauche, seulement après m'être assis face au trottoir, les deux jambes dehors, en soulevant ma cuisse de mes deux mains passées dessous en berceau, puis dans un second temps ma jambe droite, bref, sitôt mes membres rassemblés, mes pensées, elles, encore éparses, mais chaque chose en son temps, me disais-je, j'en eus une, pensée, déjà, pour les Traversière, qui s'installa, non domestiquée encore, sauvage, en quelque sorte, coupée de tout le reste, et que je ne me mêlai pas de maîtriser, où transparaissait clairement la dimension de regret que j'avais projetée pour plus tard. Or elle était là, cette pensée, précoce, faisant fi de la présence à mes côtés de Florence, qui démarrait, cette pensée pour les Traversière était bel et bien là, comme si je les avais quittés depuis longtemps et que me revenaient soudain leurs visages et leurs attentions, effaçant tout souvenir d'ennui. Une pensée presque douloureuse, coupable, les Traversière se présentant à moi comme les victimes de mes hésitations et de mes états d'âme, puis de ma désinvolture, abandonnés en cette difficile fin de fête, malmenés puis dépités par mon passage. Cependant, je n'ai rien fait de mal, me disais-je, je suis même allé chercher leur gâteau, je leur ai laissé un cadeau, j'ai dit au revoir et merci, peut-être seulement que tout est allé trop vite, mon départ écrasant mon arrivée sous l'effet de la perspective, de sorte que les Traversière n'ont pas eu réellement le temps d'accéder à l'existence, retournant déjà au néant d'avant notre rencontre, suscitant ce malaise, qui perdure, de leur apparition si brève que la seule chose qui subsiste, comme une évanescence, c'est leur effacement.

Et ce, en dépit du gâteau, me disais-je. Du portrait de Gilles sur le gâteau. Qui m'avait semblé attester que.

D'ailleurs, on l'a mangé, ce gâteau.

Il faudrait s'arrêter au moins dans une pharmacie, demain, me dit Florence, pour votre jambe.

Et dans une boutique de téléphonie mobile,

dis-je, sans plus du tout penser aux Traversière. Je dois m'acheter un téléphone.

C'était en effet une décision que je venais de prendre. Je l'en informais.

Peut-être, me reprit-elle. Mais aussi de l'aspirine. Au moins de l'aspirine. Vous avez une préférence pour un réseau ?

Un réseau, répétai-je, mais j'aurais aussi bien pu répéter toute la question. On ne me l'avait jamais posée.

Un opérateur, dit-elle. Il en existe trois. Vous les connaissez ?

Oui, me souvins-je. Je n'ai pas de préférence. J'ai juste besoin d'un téléphone.

J'en ai un, si vous voulez. Avec un bon réseau. Qui capte.

J'ai besoin d'un numéro, dis-je. D'un numéro à moi. J'ai besoin qu'on m'appelle.

Vous vouliez appeler vous, me dit Florence. C'est ce que vous disiez.

Oui, reconnus-je. Je vais appeler. Quand j'aurai acheté un téléphone. Quand j'aurai ce numéro. Je veux être joignable.

Je comprends, dit Florence.

Je n'avais pas besoin d'être joignable jusqu'à présent, expliquai-je. Il me suffisait de joindre.

Mais les choses changent. Je ne me sens pas très bien, ajoutai-je, je crois que je vais me taire un moment.

Ça ne me dérange pas, me rassura Florence. Mais tâchez de ne pas vous endormir. J'habite à dix kilomètres. On va y être assez vite.

Ah, dis-je.

Je me rappelai qu'en effet nous n'étions pas encore partis pour Braz. Demain, seulement. C'était contrariant, quoique à la réflexion je ne fusse pas fâché de trouver bientôt un lit.

Jusqu'à la maison de Florence, je ne sais pas ce qui a pu se dire, entre nous. J'ai dû quand même dormir. En tout cas, elle n'avait pas eu besoin de m'éveiller. J'avais perçu le changement de régime du moteur.

Voilà, dit-elle.

J'étais un peu coincé dans mon siège. Je voyais la route, devant moi, longée d'arbres surexposés dans le faisceau des phares. Florence sortit du véhicule et le contourna par l'arrière, disparaissant dans la nuit. Il se fit ensuite de la lumière en provenance de ma droite. Une lanterne, au-dessus d'un perron, éclairait un bout de jardin. Un verger, exactement. Avec une allée centrale. Florence revint éteindre les phares et tira à elle ma portière.

Je vais vous aider.

Elle avait de la force. Un peu trop pour mon goût, mais il s'agissait bien de mon goût. Sans elle, je me serais couché bien plus tard. Enfin, c'est ridicule, je n'étais pas sans elle. C'était même une bénédiction, cette femme. Je m'appuyai franchement sur elle.

Depuis une demi-heure, environ, nous étions souvent en contact, et une familiarité naissait entre nous, qui devait moins, me semble-t-il, à nos échanges qu'à notre rapprochement physique. Encore que notre façon de ne pas nous dire grand-chose, cette sorte de bavardage lacunaire, dépourvu de mondanité, fût également le signe, en creux, d'une entente. Peut-être en vérité n'avions-nous rien à nous dire. Ou rien à dire. À personne. Et donc.

Et donc elle me tenait serré, et nous avancions intimement dans la pièce qu'elle venait d'éclairer. Une pièce à vivre, grande, avec un coin cuisine, des meubles plus chauds que les murs, m'apparut-il, mais c'était peut-être les lampes.

Pas d'escalier à monter, me dit-elle. Les chambres sont de plain-pied.

Elle m'entraîna le long d'un couloir rouge. Poussa la porte d'une chambre bleue. Lit blanc.

Je m'y retrouvai sur le dos. Elle disparut, revint. Il m'en restait, dit-elle.

Elle me tendait un verre, deux cachets.

Elle m'aida à me redresser.

Je bus.

Elle me reprit le verre.

Vous voulez dormir sur le lit ? Ou dedans ?

Je tentai de réfléchir.

Je vais me débrouiller, dis-je.

Non, dit-elle. Je vais vous aider.

Non, insistai-je.

Ne faites pas d'histoires, dit-elle.

Elle ouvrait ma chemise.

Ça, dis-je, je peux le faire.

Je repoussai doucement ses mains. Je me mis torse nu. Et il se passa quelque chose d'idiot, parce que j'avais la vague curiosité de voir à quoi elle ressemblait, cette femme, face à moi, depuis le temps qu'on se connaissait. Or, au lieu de la détailler, de me dire qu'elle était solide, vraiment solide, quoique mince, très mince, avec un visage musclé, des mains longues, des yeux grands, et même verts, comme je m'en avisai beaucoup plus tard, eh bien je ne remarquai rien de tout ça, je pensai à mon torse, à ma nudité, et j'en fus gêné, d'autant qu'elle m'ôtait mes chaussures, à présent.

Pour ça, au moins, disait-elle avec autorité, je peux vous aider. Sauf si vous pouvez plier la jambe, ajouta-t-elle, et elle commença à plier ma jambe. Non ! m'écriai-je, et elle m'ôta mes chaussures, je n'avais évidemment pas beaucoup d'arguments contre.

Le pantalon, maintenant, dit-elle.

Au point où j'en suis, me dis-je. Et je déboutonnai mon pantalon. Je le fis descendre sur mes hanches, passer sous mes fesses. Enlevez tout, me dit-elle, vous n'allez pas dormir comme ça, je vous fais grâce du pyjama, mais au moins dormez nu, je ne sais pas.

Moi non plus, dis-je.

C'était pour gagner du temps mais ça ne servait à rien et d'ailleurs, autant l'avouer, je commençais à vouloir être nu devant cette femme. Enfin, non, pas devant elle. Devant n'importe quelle femme, en fait. Je commençais à vouloir être nu devant n'importe quelle femme, oui. Et je lui dis bon, si vous ne regardez pas, mais, sans attendre de vérifier qu'elle s'exécutait, c'est moi qui fermai les yeux, et je sentis ses doigts sur mes hanches. Ça me gênait vraiment, cette situation. Ça me convenait, aussi. J'étais content d'être gêné. Puis de dépasser cette gêne. Il y avait dans cette intimité soudaine comme une ouverture par où je basculai. Dans quoi, je ne sais trop. Mais j'avais besoin de ça, à présent, de sentir qu'il se passait quelque chose, je crois, de faire en sorte qu'il se passe quelque chose, en n'y étant pour rien, toutefois, en ne décidant rien, il était exclu que je prisse la moindre décision. Et donc j'étais nu, maintenant, les yeux fermés, avec les mains de cette femme qui s'affairaient autour de mes chevilles, et la question se posa pour moi d'ouvrir les yeux, parce qu'en la circonstance continuer de les fermer prendrait un sens, forcément, et je ne voulais pas qu'il y ait un sens, ma vie à ce moment aurait pâti de prendre un sens.

Sauf, me dis-je, si c'est la fatigue. En admettant que ce soit la fatigue, qui me fasse garder les yeux fermés. Voire le sommeil. Et ça ne me parut pas si bête. Je persistai donc à fermer les yeux. Je n'allai pas jusqu'à simuler le sommeil, c'était inutile. De toute façon, je n'avais pas l'ombre d'un semblant d'érection, de ce côté-là au moins j'étais tranquille.

Il faudrait que vous vous souleviez un peu pour que je tire les draps, me dit-elle.

Bien, bien, me dis-je. Soulevons-nous. Tâchons de nous soulever. Je me mis en appui sur mes coudes, mais, ça me semblait impossible de procéder autrement, les yeux ouverts, cette fois. Je ne pouvais pas produire un tel effort sans porter un regard sur les choses. Non sur Florence, certes, qui tirait les draps pour les amener à mes pieds, dans le projet ensuite de m'en recouvrir, mais, dieu merci, c'était facile, sur le seul plafond, qui me faisait face. Et je sentais que les draps s'ouvraient sous moi, comme une nouvelle béance, mais rien ne bascula, très vite je fus recouvert, comme si je m'étais exhibé, en somme, et que Florence y remédiât, agissant seule contre l'impudeur d'un homme qui ne s'appartenait plus. J'en éprouvai une sorte de vexation, puis, quand rapidement m'ayant souhaité bonne nuit elle se fut retirée avant que j'eusse pu réagir, une frustration, une perception aiguë de mon corps, avec au creux de mon ventre une chaleur plus chaude que la fièvre et, agaçant ma fatigue, une impossibilité de dormir.

J'estimai, assez vite ensuite, mais il était déjà tard, que cette femme s'était mal comportée à mon égard, avec beaucoup trop de naturel, de familiarité, puis de sécheresse, qu'il n'y avait pas de raison qu'elle s'en tirât comme ça, en me laissant seul, en somme, face à notre intimité. Et c'est avec hargne, avec rancœur, dans un esprit revendicatif, et quand je dis revendicatif je pèse mes mots, je n'entendais pas retourner la situation, c'est un juste rééquilibrage que j'exigeais, c'est avec hargne, dis-je, que je luttai contre les divers obstacles qui se présentaient, le poids de mon corps à soulever, l'alcool, la fièvre, ma jambe à guider en direction du sol, puis, de la position assise, au bord du lit, l'accès au stade supérieur. C'est étrange, d'ailleurs, me dis-je, comme seul finalement on s'en sort, parfois, car en m'aidant des meubles j'avançai, en fait, je n'avais pas si mal, ou alors je m'habituais, boitant, utilisant jusqu'aux murs pour me tenir, ce que je ne sais pas c'est où exactement se trouve sa chambre, me disais-je.

Mais je la trouvai, sa chambre. J'y serais allé en rampant. Je la trouvai, deux portes plus loin, je ne savais pas encore que c'était sa chambre, je m'accrochai tout en la tournant à la deuxième poignée que je rencontrai. La première m'avait permis de pénétrer dans une pièce qui était une sorte de bureau, c'est ce que j'avais supposé dans le noir, en tout état de cause je n'avais rien à faire nu dans un bureau. La deuxième était la bonne. Il faisait également sombre dans la pièce, d'où s'élevait une respiration un peu chaotique, la sienne, à n'en pas douter, sur laquelle je me guidai pour atteindre le lit, attentif aux grincements du parquet, ne sachant trop comment j'allais m'y prendre, quand je rencontrerais le bord du matelas, pour justifier ma présence auprès de la dormeuse. Je ne me voyais pas la secouer. Je préférais qu'elle fût, en quelque sorte, prévenue. Le mieux, donc, est peut-être qu'elle s'éveille avant que je ne la touche, me disais-je, et l'idée me vint, assez vite, de l'éveiller, en effet, mais de sorte qu'elle ne protestât point, et je sus comment faire, mais c'était délicat. Ou plus exactement difficile.

Il s'agissait de tomber. De faire du bruit en tombant.

À ce projet s'opposaient deux nouveaux obstacles : d'une part, je ne m'étais pas remis de ma chute précédente, loin de là ; d'autre part, je ne savais pas tomber. Je ne sais toujours pas. La chute qui s'ensuivit ne m'a rien appris à cet égard. De fait, elle n'eut rien de volontaire. Un fauteuil où je m'appuyais encore avant de me décider à le lâcher en vue de me recevoir bruyamment au sol tout en ménageant ce qui me restait de santé se révéla pourvu de roulettes et je partis en arrière, me recevant sur le coccyx, éprouvant une douleur qui m'arracha un cri.

Autant dire que je ne portais pas Florence dans mon cœur, à ce moment. Couché nu sur le parquet d'une chambre où dort une femme qui à l'évidence a quelque raison de persister dans le sommeil, mais pas forcément sans moi, songeai-je, et qui de surcroît ne s'éveille pas pour me secourir quand rien n'a été négligé pour donner l'alerte, voilà une situation regrettable, dont il va bien falloir que je me remette. Mais comment ? m'interrogeai-je, car elle ne s'éveille toujours pas, et j'ai mal, et je lui en veux, et je veux la rejoindre malgré ma douleur, que dis-je, en raison de ma douleur, cette femme qui s'entête à dormir ne se doute peut-être pas que le mal que je viens de me faire loin de me freiner m'incite au contraire à exiger d'elle réparation. Et comme je rencontrais, sous ma main tâtonnante, l'encourageant bord du matelas, je m'y arrimai de l'avant-bras droit, bientôt soulagé dans son effort par le gauche, après quoi je parvins à me hisser puis à me recevoir sur le ventre, exténué, auprès de Florence toujours endormie, ce que je considérai provisoirement comme une chance, car, me disais-je, si elle s'était éveillée au stade final de mon exploit j'eusse sans doute manqué de vraie rigueur dans les explications, qu'elle eût été en droit de réclamer, concernant le sens de ma démarche.

En attendant, je ne retournai aucune phrase dans ma tête. Je m'en fichais, en fait. Ce qui m'intéressait, cependant que décroissait l'élancement que j'éprouvais à la base de ma colonne vertébrale, c'était de trouver l'endroit où le drap du dessus, que je devinais replié sur lui-même de mon côté, pourrait m'ouvrir un chemin vers Florence. Et, comme j'avais déjà trouvé la chambre, je trouvai ce chemin. La rigueur m'oblige à préciser que les phases de mon entreprise ne s'enchaînaient pas aussi distinctement. Avant de me glisser sous le drap, j'étais déjà entré en contact avec Florence, par inadvertance, alors que j'étais encore allongé sur lui, le drap. Là non plus, elle n'avait pas réagi.

Je poursuivis mon chemin, assez court, en fait, on y était tout de suite, dans les bras de Florence, en arrivant de ce côté. Elle était tournée vers moi. Et, en même temps que ma main droite se posait sur sa taille, ce qui me permit de constater qu'elle dormait nue, comme elle incitait à dormir ses hôtes, mon visage s'était rapproché du sien à le toucher. Je le savais, je sentais son souffle. Je distinguai d'ailleurs, comme il advient dans la nuit, la pâleur contrastée de son teint, et je craignis, au cas où elle s'éveillerait en cet instant, quelque chose comme un arrêt du cœur. De toute façon, je ne concevais pas de poser mes lèvres sur les siennes, non plus que sur sa joue, je n'en avais pas envie. J'avais donc intérêt à éviter toute forme de face à face, et je résolus, comme elle ne réagissait toujours pas, et quand bien même elle réagirait, me disais-je, de m'acheminer vers ses seins. Et c'est là que je compris que c'était trop, beaucoup trop. Et que, ce dont j'avais besoin, là, de la façon la plus urgente, en fait, c'était de dormir. Ce que je fis, me sembla-t-il, assez vite, avec la sensation toutefois d'investir tout ou partie d'une poitrine à l'élasticité obsédante, cependant que la main de Florence se refermait sur ma nuque.

Le lendemain, je m'éveillai près d'une femme qui n'était pas la mienne, dans un lit qui n'était pas le nôtre, découvrant un décor pour le choix duquel on ne m'avait pas consulté. Très bien, commençai-je donc à me dire, en effet peu à peu la mémoire me revenait, je ne suis pas chez moi, mais Laure y est, elle, chez moi, sans moi, loin d'ici, et voilà que sans elle une nouvelle journée s'inaugure, avec près de moi cette femme qui ne m'est rien, nue, de surcroît, et qui malheureusement en même temps que moi s'éveille, qu'est-ce que je fais ? Je lui dis bonjour ?

Car nos regards, ou du moins ce qui, du côté de la perception visuelle, s'ébauchait dans l'abri entrouvert de nos paupières, se rencontraient, puis se quittaient, s'acheminant par approximations successives vers l'identification de l'autre, se refermant, même, leur assurance prise, afin de se rouvrir sur du connu. Dans le même mouvement, nous prenions nos distances avec le sommeil, accédant à une conscience de plus en plus claire de notre réciproque étrangeté, embarrassés de notre souvenir de la nuit, hésitant, du moins en ce qui concernait Florence, imaginai-je, à reprendre le fil de notre rapprochement, comme s'il eût fallu à cette fin briser de nouveau la glace, voire aller jusqu'à l'échange verbal dont nous avions, quelques heures plus tôt, fait franchement l'économie. Quant à moi, je n'étais plus du tout dans le même état que la veille, ma fièvre était tombée, l'alcool dissipé, seule ma jambe m'élançait et non plus ma dernière vertèbre. Mais je pouvais bouger, me semblait-il. J'avais d'ailleurs envie de bouger, de me lever et de partir. Pas sans elle, toutefois. Je me souvenais de sa proposition de m'emmener. C'est d'ailleurs cette proposition qui me portait, Florence n'étant plus ce matin-là que sa proposition de la veille, d'avant ma fureur, d'avant l'extinction de cette fureur. Et certes c'est avec l'active complicité du jour que je découvrais ses seins, chargés du même pouvoir, mais armés par la lumière, corsetés du peu qui restait d'ombre dans la pièce, et ses yeux d'un vert dont on ne pouvait que s'aviser, assez voyant pour le retenir, assez profond pour s'y perdre sous réserve d'y être prêt, or non, si j'étais prêt à quelque chose c'était au départ, que je ne voulais en rien compromettre, et c'est sans doute pour cette raison qu'en définitive, oui, je lui dis bonjour.

Ce qu'elle pouvait difficilement me reprocher car ç'avait été d'une voix douce, prévenante. Et que ma main ne se portât pas alors sur elle pouvait être mal compris, sans doute, de même que mon discret recul quand je craignis qu'elle ne s'approchât pour m'enlacer, par une ébauche de reptation, me sembla-t-il, mais il n'empêche, je lui avais dit bonjour et je lui souriais, et ce sourire lui interdisait tout geste intime, il la figeait dans le remerciement. Elle sourit à son tour, obligée qu'elle était d'interpréter ma civilité comme une pudeur, incapable qu'elle était également, face à mon apparente bienveillance, de passer outre cette pudeur en prenant le risque de manifester un désir dont elle n'était pas tout à fait certaine que j'y eusse répondu. Elle me renvoya mon bonjour comme si de rien n'était, comme si j'eusse été seulement timide, embarrassé de trouver une suite à notre échange de la nuit, et que faute de mieux nous dussions saisir l'occasion qui nous était donnée, par notre projet de départ, d'échapper à la problématique reprise de nos ébats.

Peu importe en vérité par quel cheminement nous en arrivâmes à nous lever sans nous être touchés, ce matin-là, nous nous levâmes et, à compter de cet instant, au gré de nos préparatifs, nous nous dépouillâmes de notre intimité, dont le désordre des draps, à mesure que nous nous approchions du départ, figurait comme la peau morte, témoin d'une phase révolue. Et je me félicitai de cet état, d'autant, me disais-je, que repasser par ceux qui nous y ont conduits devient facultatif et même en ce qui me concerne exclu. Je ne sais pas ce qu'elle en pense, elle, de toute façon pour moi c'est réglé, au pis j'aurai à la contenir, à invoquer la prudence puisque nous roulerions, n'est-ce pas, et qu'en outre elle conduirait, il me revenait la veille que nous en étions convenus.

Elle n'était pas tout à fait prête, moi si, en dépit du problème que j'avais rencontré, en m'habillant, pour plier la jambe. Du gros problème, mais passons. Je l'observais à la dérobée, donc, et c'était une étrangère. Une assez belle étrangère, mais une étrangère. Et moi aussi. Nous étions en fin de compte très loin de l'autre, surtout moi, me disais-je, mais pas seulement d'elle, de tout, de moi, du jour précédent. C'est ça, me disais-je. C'est hier qui est loin. La soirée d'hier. La journée d'hier.

Quant à l'avant-veille, elle plonge dans ma préhistoire. J'étais presque encore jeune, à l'époque. Trop loin pour m'en souvenir. Et, à l'âge que j'atteins, il n'y a que le présent qui compte : cette femme, donc, Florence, avec qui je pars et dont je dois absolument me défaire d'ici ce soir. En attendant, il va s'agir de cohabiter.

De la supporter, pour commencer. De nourrir un peu la conversation, sans plus. Faire une pause déjeuner, sandwich, que j'exploiterai pour acheter un téléphone. Je la convierai à m'aider. Je l'associerai. Je resterai cordial, assez dépendant d'elle pour qu'elle s'y retrouve. Elle m'a d'abord aidé, cette femme. Elle continuera. Je serai même un peu triste, pendant le trajet. Un peu soucieux. Plus de fièvre, mais soucieux. Ça ne va jamais, vous, pourra-t-elle dire. Vous avez toujours quelque chose qui ne va pas. J'acquiescerai. C'est ce qui me rendra supportable. Elle aura à me supporter, elle aussi. Parfait, me disais-je. Je peux vous aider ? lui dis-je.

Je m'offris de lui porter son sac jusqu'à la voiture, ça me paraissait le minimum pour elle, le maximum pour moi. Florence devant moi marcha clé en main, souplement, elle aurait très bien pu me plaire avec sa jupe droite, ses pieds minces, ses épaules parfaites sous la chemise que je l'avais vue tout à l'heure achever d'enfiler après quelques essais dont elle m'avait dérobé l'essentiel, me croisant pour finir sans me voir, en femme pressée que n'arrête pas l'éclair de peau blanche qu'elle laisse au passage dans le regard d'un homme. Ça a l'air d'aller mieux, ce matin, m'avait-elle toutefois lancé comme en ramenant ces mots-là sur elle, en lieu et place du pan de chemise qui flottait encore.

Et donc, derrière elle, maintenant, je m'approchai de la voiture, boitant énormément, certes, ce qui lui avait échappé, souffrant en secret, sans doute, chaque pas m'amenant moins au terme de mon trajet, dans l'immédiat, qu'au bord du cri, mais, en dépit de ma douleur, j'avais une idée assez claire de la suite, l'esprit libre, en somme, habité par la pensée de Laure, que bientôt je joindrais à l'aide d'un téléphone qui lui permettrait de me rendre la pareille, même si comme à l'accoutumée elle n'avait rien à me dire. Et cette possibilité qu'elle aurait désormais de m'appeler me rassurait, non que j'eusse été certain qu'elle finirait par le faire. Mais elle aurait, par devers elle, ce numéro qu'il lui suffirait de composer pour me joindre, ce qui n'en ferait plus exactement la même personne. Laure, avec ce numéro en main, en quelque façon changerait.

Car son silence, s'il persistait, prendrait une couleur nouvelle. Et je n'aurais pas donné ma main à couper qu'elle fût en mesure de donner vie à cette couleur. Je l'imaginais déjà avec mon numéro, donc, forcément inscrit quelque part, feuille ou carnet, qu'importe, qu'il lui faudrait ne pas consulter au cas où elle entendrait ne s'en pas servir. J'imaginais ce qu'un tel choix impliquerait d'évitement et de distance, toutes attitudes qui, si elle avait commencé de les adopter depuis l'avant-veille à l'hôtel, prendraient la forme d'une affirmation dont elle devrait trouver le courage. Et je crois que c'était ça qui me rassurait : c'est que Laure, dans ces conditions, aurait de toute façon quelque chose à faire. Et que tout ce qu'elle ferait, désormais, serait quelque chose.

Même si, m'avisai-je toutefois, Laure pensait avoir déjà la possibilité de me joindre en appelant chez Philippe, où j'étais censé me trouver. Je n'y avais guère songé jusqu'à présent, et j'y songeais, mais, me disais-je, il y a peu de risques que Laure appelle chez Philippe. C'est moi qui la représente auprès de lui, elle a été assez claire là-dessus. Et, quoi qu'il en soit, elle ne passera jamais par Philippe pour me joindre en pareille circonstance. Et d'ailleurs, me disais-je, ça m'est égal, qu'elle appelle chez Philippe si elle le souhaite : elle verra bien que je n'y suis pas, ça ne lui fera pas de mal, ou encore ça lui fera le mal qu'il faut. De toute façon elle n'appellera pas, je le sais. Puisque c'est moi qui vais l'appeler ; assez vite, même.

Il y a aussi, me disais-je, cependant que Florence m'ouvrait le coffre de la voiture et que je me dépêchais d'y fourrer nos bagages, incertain que j'étais de pouvoir tenir debout dix secondes de plus sans geindre, il y a aussi que Philippe lui-même pourrait appeler Laure. Il est en droit de s'inquiéter de notre absence. Mon seul moyen de savoir s'il l'a fait, au demeurant, c'est d'appeler Laure. Ce qui me ramène, en quelque façon, à l'achat d'un téléphone. Et dans tous les cas, pour ce qui concerne Philippe, j'arriverai trop tard. Son anniversaire est derrière lui, maintenant.

J'eus encore le temps de noter, comme je refermais le coffre et que la perspective de m'asseoir devenait maintenant proche, annihilant presque à elle seule ma douleur, que je n'avais jamais pris la décision de prévenir Philippe de mon retard, non plus que de l'absence de Laure. Et que, de surcroît, je ne la prendrais pas. C'était le prix que je réclamais, ce retard, et que nul n'en fût informé, qu'il s'accompagnât de mon silence.

J'étais parvenu, galvanisé que j'étais par la proximité du siège passager, désormais, puisque nous étions prêts à monter dans la voiture, à m'asseoir en serrant les dents. Je découvrais à mes côtés Florence, donc, qui démarrait. Elle était nettement belle. Là n'était pas la question, du reste, c'était aujourd'hui que je devais m'en séparer et je me représentais cette séparation comme une tâche. Je devrais poser quelques jalons, m'apparaissait-il, me montrer assez froid. Et, de fait, j'étais assez froid, assez concentré sur mon projet d'acheter un téléphone. Vous n'allez pas prendre l'autoroute, lui dis-je, parce que les boutiques, sur l'autoroute.

Elle me lança un regard qui pouvait passer pour hostile, mais c'était peut-être trop tôt. Son regard me convenait, en tout cas.

On ne va quand même pas s'arrêter maintenant, me dit-elle. On vient de partir.

Ou alors un bout d'autoroute, proposai-je. Et après, on sort.

Quand j'y suis, sur l'autoroute, me répondit Florence, j'ai du mal à en sortir.

Il y a aussi la nationale, dis-je. Elle existe.

Notre conversation supportait aisément que l'aérât un silence. Je regardai un peu le paysage, dont je ne sus trop que faire.

Cette nuit, reprit Florence.

Oui, dis-je. On peut en parler. On peut aussi en parler.

En fait, non, me dit-elle. Non. Pas la peine. On va prendre la nationale.

Merci, dis-je.

Je regardai de nouveau le paysage. Ce que j'attendais, surtout, c'est qu'il se transformât. Du continental au maritime, j'entends. Rien ne s'annonçait encore de ce genre. Pas grand-chose à voir que la route, donc, le profil de Florence, à la dérobée, son décolleté dans les mêmes conditions, qui m'offrait un point d'ancrage permanent, vaguement consolateur. Mais les mots finissaient par me manquer. L'échange de mots.

Quand on sera au Plessis-Saint-Georges, déclarai-je.

J'avais déployé une carte routière piochée dans la portière.

Pour la boutique, dis-je.

J'en tiens compte, dit-elle.

Je me retrouvai là où j'avais l'habitude, dans l'attente. Un peu plus pressé que d'habitude.

J'avais bien sûr des doutes sur Le Plessis-Saint-Georges. Vitré eût mieux convenu, s'agissant d'acheter un téléphone, mais il eût fallu, pour y passer, s'écarter de la nationale, que nous venions de rejoindre, d'une bonne trentaine de kilomètres. J'attendais donc beaucoup du Plessis-Saint-Georges, probablement trop, et je soupçonnais Florence d'en savoir plus que moi sur cette bourgade, et notamment assez pour être persuadée, quant à elle, que Le Plessis-Saint-Georges n'était pas équipé en téléphonie mobile. Quant à s'arrêter à Rennes, ce qui signifiait abandonner la rocade qui la contourne pour pénétrer au cœur de la ville, c'eût été trop long, trop loin.

J'étudiai de nouveau la carte, mais, décidément, avant Rennes, et si j'excluais Vitré, je ne voyais guère que Le Plessis-Saint-Georges qui pût faire l'affaire. En clair, mon projet d'acheter un téléphone sans trop m'attarder était ambitieux. Mais, comme je n'en avais pas sous la main de plus modeste, il me fallait bien l'envisager avec le sérieux nécessaire. Et donc, réellement, je fondais tous mes espoirs sur Le Plessis-Saint-Georges, conscient que mon attitude avait quelque chose de disproportionné, voire qu'elle témoignait, en fait d'espoir, d'un entêtement. Je commençai, d'ailleurs, à détester Le Plessis-Saint-Georges, un peu comme si, déjà, j'en avais gardé un mauvais souvenir, et que l'idée d'y retourner me torturât.

Nous roulions, cependant, et vite, car Florence au volant était vive, peut-être pressée, elle aussi, me disais-je, ce qui m'arrangeait à tout point de vue, et donc nous nous rapprochions significativement du Plessis-Saint-Georges, dont je reçus la première mention, sur un panneau routier, comme un coup de poing. Les mentions suivantes, dès lors, et en dépit de leur moindre force, ou pour cette raison même, me travaillèrent au corps comme s'il se fût seulement agi de me finir, amoindri que j'étais désormais par la rudesse d'un combat dont je figurais d'ailleurs à moi seul les deux protagonistes, Le Plessis-Saint-Georges n'étant bien sûr qu'un adversaire fictif, du moins tant que j'ignorais ses véritables ressources.

À ces panneaux de direction, le temps ayant passé de façon géographique, un peu, mentale, beaucoup, puis chronologique, en définitive, par la soudaine résolution de ses composantes analogiques en une affirmation chiffrée sur l'horloge de bord, se substitua le panneau qui signifiait que Le Plessis-Saint-Georges était là, à quelques tours de roue, et même que nous y entrions, sachant que mon attente, pour autant, ne s'achevait pas puisqu'il me fallait espérer que quelque part au bord de la route serait sise une boutique de téléphonie mobile, laquelle, aussi bien, pouvait se situer en retrait, du côté de l'église, par exemple, dont on apercevait le clocher sur la droite.

Le Plessis-Saint-Georges, m'apparut-il, est un assez gros bourg, laidement ramassé sur la nationale qui l'éventre, tels ces blessés qu'on voit recroquevillés par la douleur, ramenant sur eux leurs mains pour comprimer quelque plaie ouverte, et dont on sait qu'ils ne s'en sortiront pas. Le Plessis-Saint-Georges, pourtant, résiste, alignant ses murs dioxydés, les perçant de portes et de fenêtres aux fins d'en faire saillir l'impression de la vie, lâchant même, parfois, sous l'approximative protection des ralentisseurs, des habitants d'un bord à l'autre de la route, ou encore le long des trottoirs, où leur reflet vient à se prendre dans les vitrines de magasins d'électro-ménager, de commerces de bouche, de salons de coiffure et peut-être d'une boutique de téléphonie mobile, me disais-je, mais pas de deux, en tout cas, je commençais à pouvoir affirmer, cependant que nous le traversions, que Le Plessis-Saint-Georges n'abritait certainement pas deux boutiques de téléphonie mobile, une, donc, ça restait possible, je préférerais que vous rouliez moins vite, dis-je à Florence, on risque de la louper, comme ça.

Ça m'étonnerait qu'on trouve ici, me dit-elle.

On pourrait se rapprocher du centre, dis-je.

Nous sommes dans le centre, me dit-elle.

L'église est en retrait, lui fis-je remarquer. Là, sur la droite. Nous pouvons pousser jusqu'à l'église.

Roulons d'abord jusqu'au panneau de sortie, proposa-t-elle.

Je craignis, cette fois, qu'emportée par son élan Florence ne nous fît quitter Le Plessis-Saint-Georges sans que j'eusse pu en exploiter toutes les possibilités. Mais elle se comporta honnêtement et effectua un demi-tour à la sortie de l'agglomération, qui s'effilochait en zone industrielle et où çà et là sortaient du sol, telles de mauvaises herbes, des panneaux qui n'indiquaient que des noms improbables, des destinations où personne ne vivait.

Quand nous eûmes pris la direction de l'église, j'incitai Florence à rouler lentement le long de la rue que nous empruntions, puis, après l'église, des rues que nous empruntâmes. Elles étaient commerçantes, encore, mais de moins en moins, et je me dis que faute d'un miracle nulle boutique de téléphonie mobile surgie aux côtés d'un ancien lavoir ne viendrait mettre fin à cette attente, soulageant soudain mon regard usé à force d'observation et d'anticipation en y inscrivant sa surprenante vitrine peuplée de petits appareils performants avec abonnement ou non, or il en va ainsi sans doute de cette technologie montante, Le Plessis-Saint-Georges en dépit de son exil en était pourvu, il en avait une, boutique de téléphonie mobile, elle était là, flanquant une auberge à menu gastronomique qu'il faut elle-même connaître pour s'y rendre, mais les gens du Plessis-Saint-Georges le savent, eux, elle est là, leur boutique, pas très loin derrière l'église, ils étaient même quelques-uns à s'y presser sous ses rassurants néons, vous voyez, dis-je, j'avais raison.

On y était, donc. Florence se gara, un peu loin, curieusement les places étaient rares, dans cette rue, et nous sortîmes de la voiture. Plus exactement, je tentai pour ma part d'en sortir tandis que ma conductrice, s'avisant des difficultés que je rencontrais, contournait le véhicule pour me venir en aide.

Ma jambe gauche, en effet, maintenue dans une analgie trompeuse, entièrement due à mon immobilité, m'élançait maintenant dès que j'envisageais de la mouvoir d'un millimètre, et je me demandais ce qu'il en serait quand je parviendrais à me lever, objectif qui, malgré les encouragements et le secours de mon accompagnatrice, dont les efforts répétés, tel un ressac, venaient s'échouer sur mon inertie, semblait se profiler au loin comme une performance à laquelle je ne m'étais pas préparé. Bon, me dit-elle en me lâchant le bras, c'est moins d'un téléphone que vous avez besoin que d'un anti-inflammatoire et avant tout d'un médecin, je vais demander à la boutique où je peux en trouver un.

Florence, dis-je.

Elle s'apprêtait à refermer la portière.

Je ne veux pas voir de médecin, lui expliquai-je. Je ne veux pas perdre de temps avec un médecin. Je veux bien un anti-inflammatoire, d'accord. Un truc un peu fort, sans ordonnance. Mais je veux surtout un téléphone. Je veux que vous alliez dans cette boutique m'acheter un téléphone, Florence. Je vous fais confiance pour le modèle. Attendez. Prenez ma carte bancaire.

Je me retrouvai seul derrière l'église du Plessis-Saint-Georges, inquiet pour ma jambe, mais également impatient que Florence s'acquittât de sa mission, ces deux dispositions mentales s'alliant peu à peu dans le projet, qui se faisait clairement jour, de téléphoner à Laure dehors, à distance de la voiture, pour être tranquille, tandis que Florence m'attendrait au volant. Je ne voulais pas, en effet, la faire attendre à l'extérieur. Je souhaitais en outre tester ma mobilité, sachant qu'il me faudrait me débrouiller seul à un moment quelconque.

Je poussai la portière. Facile. En prenant appui sur le dossier du siège, j'amenai ma jambe droite à l'extérieur. Puis, de mes deux mains, les dents serrées, la gauche. J'en étais revenu à ma position de départ, de départ de chez les Traversière, la veille au soir. Ne me restait qu'à me hisser. Seul.

Le toit de la voiture, me dis-je. D'un côté. De l'autre, le haut de la portière. Levons les bras.

Traction. Je m'élevai de moi-même. Plutôt content de moi. Plus une trace de fièvre, notai-je. Ni de rhume. Le nez pris, sans plus. L'habitude. Et debout, maintenant. En appui, certes. Les avant-bras posés sur le toit de la voiture. Lâche-toi, pour voir.

Des gens passèrent. Même derrière l'église, au Plessis-Saint-Georges, il en passe. J'attendis un peu. Ils entrèrent dans la boutique de téléphonie mobile. Je me lâchai d'un bras.

Ça allait. Ce fut plutôt pour l'autre. Je n'y arrivai pas. Évidemment, me dis-je. Ce dont tu ne peux pas te passer, c'est d'un point d'appui. Au moins. Je le conservai. Déplace-toi, maintenant, me dis-je. Regarde ce que ça donne.

Je fis un pas, puis deux, en m'appuyant d'une main sur le toit de la voiture. Puis trois. Allez, me dis-je. Je longeai le véhicule sur la droite. Comme j'atteignais l'arrière, je décidai de le contourner. La main plus basse sur le coffre. Je trichai un peu, l'autre main posée sur l'avant du véhicule qui se trouvait garé derrière. Côté gauche. J'étais en train de faire le tour de la voiture de Florence.

Évidemment, me disais-je parfois dans de brefs moments de découragement, ce n'est pas vraiment ce qu'on peut appeler se déplacer. Faire le tour d'une voiture. Surtout en s'aidant de la voiture. Et voilà que maintenant je me retrouve du côté conducteur. À l'opposé de ma place. Mais debout, toujours. Je vais faire une pause.

Florence me trouva appuyé sur le capot. Des deux mains. Elle avait fait beaucoup plus vite que moi.

Il n'y avait pas trop de monde, finalement, lui dis-je.

Elle tenait à la main un grand sac. De l'autre main, passée sous mon aisselle, elle me redressait.

Je vais vous aider à vous asseoir, me dit-elle. En attendant de trouver un médecin.

Non, dis-je. Pharmacie.

Rentrez déjà dans la voiture.

Non, dis-je. Je vais téléphoner dehors. Vous voulez bien me sortir l'appareil de son carton ? Et m'attendre au volant ?

Ne restez pas appuyé sur le capot, alors, me dit Florence. Asseyez-vous.

Je préfère rester debout.

Bon, je vais vous raccompagner à votre portière.

Elle m'aida encore.

Vous boitez affreusement, me dit-elle.

Je n'ai jamais dit que je n'avais pas mal.

Mais vous ne voulez pas voir un médecin.

C'est un nerf qui tire, expliquai-je. Pas une fracture ni rien de ce genre. Je ne pourrais même pas bouger.

Tandis que là, me dit-elle.

J'y arrive, dis-je.

On y arrivait. Je m'accoudai au toit, côté passager, tandis que Florence ouvrait le carton. Je pensai fugitivement au déballage des cadeaux, chez les Traversière. Puis au cadeau de Gilles. Et, pour la première fois, au cadeau de Philippe. Que je n'avais plus. Ce qui était normal, en un sens, puisque je n'allais plus à son anniversaire. Tout de même. Je n'avais plus de cadeau pour Philippe.

Merci, dis-je.

Florence partit s'installer au volant. Je regardai le téléphone qu'elle m'avait trouvé, un modèle petit, léger, j'avais oublié de lui demander le prix. Elle m'avait rendu ma carte et le ticket, que j'avais tout de suite rangés dans mon portefeuille. Je composai un code d'accès, le même que celui que nous avions choisi, Laure et moi, pour notre téléphone. Je composai notre numéro, je m'étais appuyé tout ce temps de ma main libre sur le toit de la voiture.

Messagerie. Je raccrochai, composai notre numéro fixe.

Messagerie. Je laissai un message. Indiquai mon numéro de mobile. Tu peux me rappeler, précisai-je. Rappelle-moi. Je t'embrasse. Laure, ajoutai-je. Rappelle-moi.

Je recomposai notre numéro de mobile. Messagerie, bien sûr. Je laissai un message. Pas exactement le même. Presque le même. J'espère que ça va, ajoutai-je. Je t'embrasse. J'aimerais bien que tu me rappelles.

Je rangeai le téléphone dans une poche. J'ouvris la portière. Attendez, me dit Florence.

Elle sortit de la voiture, la contourna. M'aida. Je m'installai.

Alors ? me dit-elle.

Je compris mal sa question. Ou du moins je crus mal la comprendre. En tout cas, je rectifiai de moi-même.

Pharmacie, dis-je.

Elle démarra. Vaguement agacée. Je n'avais pas besoin de ça. J'avais besoin de rapports neutres. Froids, ça devenait difficile, avec ce qu'elle faisait pour moi. En même temps, l'agacement, ça pouvait me servir. Je pourrais m'énerver, me dis-je. Après tout. Au lieu de la laisser comme ça, ce soir. Elle m'en voudra peut-être moins, si je m'énerve.

Nous trouvâmes plus aisément, au Plessis-Saint-Georges, une pharmacie qu'une boutique de téléphonie mobile. Florence se gara sur un bateau, poussa sa portière. Je la retins au bras.

Je viens avec vous, dis-je.

Ça ne sert à rien, dit-elle.

Je veux m'acheter une canne, dis-je.

Elle parut surprise. Puis non.

Vous faites tout à l'envers, dit-elle. Vous ne savez même pas de quoi vous souffrez.

Je n'ai pas trop de temps à perdre, dis-je. Vous voulez bien m'aider à sortir ? Il faut que je l'essaie, de toute façon.

Elle m'aida encore. Elle pouvait difficilement m'abandonner. C'est ce que j'aurais fait, je crois. Encore que. Une femme dans mon état, me dis-je. Je ne sais pas.

Il y avait quelqu'un devant nous dans la pharmacie. Une dame. Et des sièges. Je lâchai l'épaule de Florence pour m'asseoir. Elle attendit derrière la dame, la soixantaine passée, un monceau de boîtes sur le comptoir. Le pharmacien, bonne tête, le regard vif, collait les étiquettes.

C'est pour le monsieur qui est assis, déclara Florence en se tournant vers moi quand ce fut son tour.

J'hésitai à me lever. Je hochai la tête en direction du pharmacien. Restai assis, finalement.

Qu'est-ce que vous avez ? me lança-t-il.

Un nerf qui me tire dans la jambe, dis-je.

Vous avez vu un médecin ?

Non. J'en verrai un plus tard. Je sais, dis-je. Je sais. Je n'ai pas le temps, là. Je voudrais vous acheter une canne. En attendant. On peut vous acheter des cannes ?

Je peux toujours vous en vendre une, déclara le pharmacien. Rien ne m'interdit de vous en vendre une, bien sûr.

Et vous avez quoi, comme cannes ? dis-je.

Canne anglaise, développa le pharmacien. Ou canne en T.

Je peux voir ?

Attendez.

Il était d'excellente composition, ce pharmacien. Il s'éloigna, revint avec une béquille sous plastique et une canne sous plastique, chacune dans une main, qu'il brandit pédagogiquement en se portant à ma rencontre.

Canne anglaise, expliqua-t-il en pointant le nez vers la béquille. Canne en T. L'avantage de la canne anglaise, c'est que vous avez le bras tenu. Elle est plus chère.

Je ne veux pas de béquille, dis-je. Je peux essayer l'autre ?

Florence observait la scène d'un œil rêveur, un peu embarrassée.

Le pharmacien me tendit la main. Je lui pris le poignet. J'utilisai le reste de son bras comme une perche. Je me hissai jusqu'à son épaule. C'est haut, me dis-je.

J'attrapai la canne et l'appuyai au sol. Je n'avais jamais rien ressenti de tel. Cette sorte de confort.

C'est bien, dis-je. C'est très bien.

Votre bras est trop plié, me dit-il. Vous permettez ?

Il me tendait la main pour me reprendre la canne.

Attendez, dis-je.

Je descendis vers le siège, sans lâcher la canne, m'assis, lui tendis la canne.

Nous sommes à peu près de la même taille, déclara-t-il.

Et il se mit à marcher avec la canne dans sa pharmacie, qui était assez vaste, côté clients, et je le soupçonnai de vouloir se dégourdir les jambes, ou de découvrir sa pharmacie d'un œil neuf, c'est peut-être la première fois, pour lui, me dis-je.

Vous voyez, me dit-il en revenant vers moi, nous avons tous les deux le bras trop plié. Je vais vous la scier un peu.

Florence me jeta un coup d'œil. Je lui répondis par un coup d'œil qui signifiait en gros que je n'y pouvais rien, moi, si on me la sciait, cette canne, et je reportai mon attention sur le pharmacien, comme Florence, du reste, car il revenait de son arrière-boutique avec une petite scie à bois qu'il tenait fermement par la poignée. Il tira ensuite à lui un tabouret sur lequel d'une main il appliqua la canne, ayant d'abord pris soin d'en ôter l'embout caoutchouté, tandis que de l'autre, hardi petit, il commençait de la scier, d'un geste régulier et sûr, auquel il semblait accoutumé, soit qu'il eût l'habitude de scier ses cannes, soit que chez lui il se livrât à des activités manuelles, peu importe, ce fut dans une brève ambiance de menuiserie que le morceau qu'il avait prévu de scier résista, puis tomba, rétablissant le silence dans la boutique où il y avait un peu de monde, maintenant. Des spectateurs, en somme. Fabienne ! appela le pharmacien, qui passa dans la zone clients pour me présenter la canne tandis que Fabienne, une petite brune à lunettes surgie des profondeurs de la boutique, et qui clignait un peu sous les néons, accueillait une grande blonde qui déployait un mouchoir, s'exprimant d'une voix nasale. Essayez-la, pour voir, me dit le pharmacien, et il m'aida à me lever, je me stabilisai au moyen de la canne. On dirait que c'est mieux, me dit-il. Très très bien, dis-je. Vraiment bien ? s'inquiéta le pharmacien. Je crois, dis-je. Parce que sinon je peux vous en couper encore un petit bout, me dit-il, mais j'ai peur que ça ne devienne trop court, après, et alors je ne pourrai plus vous la rallonger, ajouta-t-il dans un demi-sourire, c'est toujours le problème avec ces cannes qui ne sont pas télescopiques, évidemment, il y a un moment où il faut se décider. Mais je crois vraiment que ça va, dis-je, et je regardai le pharmacien qui regardait la canne d'un drôle d'air, me semblait-il, je me demandai s'il n'avait pas envie, au fond, de me la scier encore un peu, cette canne, par perfectionnisme, ou par besoin de scier, tout à coup, et je dus lui dire encore non, c'est parfait, mais il ajouta marchez un peu quand même, là, qu'on se fasse une idée, ce sera plus prudent.

Quoique je fusse gêné par les gens, à présent, qui affectaient de ne pas se soucier de moi, j'entamai un petit circuit qui valait ce qu'il valait, comme test, mais enfin, oui, je me jugeai assez mobile, moins dolent, éprouvant presque une jouissance à coordonner mes pas dans cette configuration nouvelle où je devais tenir compte d'un troisième élément, en maintenant, là gisait la difficulté, une alternance binaire, mais j'y parvenais. Encore que j'eusse préféré m'en assurer dehors, et j'hésitai un instant à demander au pharmacien de m'entraîner un peu sur le trottoir, avant de me décider, puisque après tout il ne s'agissait pas de chaussures, je ne risquais pas vraiment de la lui salir, sa canne, et puis non, je n'osai pas, d'ailleurs n'exagérons rien, me disais-je, ça ne va pas changer grand-chose. Et j'achevai mon circuit, bien décidé à l'acquérir, cette canne, sous le regard du pharmacien, de Florence mais aussi de la blonde, qui repartait avec ses médicaments, marquant un temps d'arrêt face à moi comme pour se moucher, se mouchant, du reste, mais ça ne suffisait pas, comme prétexte, même Florence lui jeta un coup d'œil et je les regardai toutes les deux, appuyé sur mon pommeau, l'une familière, à ce moment, Florence, donc, étrangement, l'autre à l'évidence de passage, qui passa, d'ailleurs, s'en alla, nous restâmes Florence et moi face au pharmacien à qui je demandai, en sus de la canne, un anti-inflammatoire. Je vais vous donner ça, me dit-il en revenant avec une boîte, puisque vous n'avez pas d'ordonnance, ça ira très bien, vous en prenez deux toutes les quatre heures, et puis vous en voyez un, de médecin, hein, vous ne traînez pas comme ça trois jours, il y a des limites.

Je le remerciai pour sa compréhension. J'étais content, en repartant, de ne pas m'appuyer sur l'épaule de Florence. Pour m'asseoir à ma place dans la voiture, bien sûr, ça ne fut pas plus facile qu'avant, et Florence dut m'aider encore. Après quoi elle démarra. Je sentais bien qu'entre nous il n'était plus question de grand-chose, sur le plan sexuel, et ça me soulageait considérablement. Florence ne semblait plus concernée par cette question. Maintenant qu'elle m'avait de nouveau logé près d'elle, bien calé dans mon siège, avec ma canne sur la banquette arrière, elle était tranquille pour un moment et elle ne se priva plus de rouler. Elle décida même de rejoindre l'autoroute. Je n'avais plus aucune raison de m'y opposer.

Il était treize heures trente et il nous restait deux cents kilomètres à parcourir. Ça se précisait. Nous dépassâmes Rennes sans que j'en prisse d'abord conscience. Puis je m'avisai que nous roulions depuis un bon moment à l'intérieur de la Bretagne, et la Bretagne, faussement au départ, bien sûr, évoque les côtes bretonnes, et alors je commençai à guetter quelque signe qui marquât cette approche, mais rien, il était trop tôt encore. Je m'impatientai. J'étais content de m'impatienter. Un peu tendu, aussi. Florence me faisait peur. Trop serviable. Trop efficace. Et maintenant. Je me demandai comment j'aurais fait, sans elle. Avec ma jambe. Elle n'arrêtait plus de m'aider, de me conduire, de s'inscrire dans ce présent qui me servait de vie.

Jamais je n'aurais pu aimer une femme comme ça, me disais-je. Ou alors si, mais vite. C'est un peu ce qui s'est passé, au fond. Pas l'amour, non.

Pas du tout. Je la quitterai facilement. D'autant que pour elle je suis devenu pitoyable, avec ma jambe. Et mon téléphone. Le type qui n'arrête pas de s'équiper, depuis un certain temps. Qui s'appareille. Qui se suffit de moins en moins. Elle ne me regarde même pas. Juste la route, face à elle. Face à nous. Roulons.

Vous n'avez pas un peu faim ? lui dis-je.

Le type qu'il faut nourrir, en plus.

Ça va, dit-elle.

On peut peut-être s'arrêter pour un sandwich.

Agacement, encore. Ou lassitude. Ou résignation. Elle ne protestait pas. Virait deux cents mètres plus loin vers l'aire de repos dont l'annonce venait de m'alerter. Ça va peut-être arriver d'un coup, me dis-je. Elle va me planter au bord de la route avec mon téléphone et une bouteille d'eau. Mais non. Je crois qu'elle ne se laissait pas le choix. Refus d'abandon. Incroyable ce que c'est facile, me disais-je.

Trop facile. Je commençais à me sentir coupable. À plusieurs reprises, depuis mon départ de l'hôtel, j'avais eu conscience de maîtriser la situation sans que j'y fusse pour grand-chose, et je l'éprouvais de nouveau, cette impression de pouvoir, d'autant plus accusée que physiquement j'étais incapable de rien et qu'il me suffisait de laisser faire les autres pour qu'ils en vinssent à mes vues. C'était un peu lourd, quand même. En un sens, j'avais la chance que Laure, elle, ne fût en rien sous ma coupe. Ça me rééquilibrait. Tantôt, donc, je me trouvais déporté vers l'attente de son appel, consultant de façon répétée mon téléphone, espérant trouver un terme à tout ça, ce voyage, cet anniversaire qui n'en était plus un, cette femme, ma jambe, qui sait ? Tantôt j'éprouvais cette ridicule toute-puissance, qui s'installait, et je ne savais plus que faire de moi.

Je me décidai, au relais de la station-service, pour un jambon-beurre dans du pain mou. De son côté, elle hésitait. Prenez-moi la même chose, finit-elle par dire, je n'ai pas envie de choisir.

Je passai à la caisse, elle reprit le volant, nous roulâmes. Tandis que je mordais dans mon sandwich, le sien laissé en réserve dans le sac de la station-service, je commençai à poser, à toutes fins utiles, quelques réels jalons pour que notre proche séparation s'inscrivît sûrement dans une pérennité. J'évoquai d'abord la compacité de mon emploi du temps à venir, puis ma vie sentimentale, exclusivement téléphonique pour l'heure, et même silencieusement téléphonique, précisai-je, et je m'aperçus qu'à lui parler ainsi de moi je m'éloignais davantage encore d'elle, comme si mes mots eussent résumé en creux notre brève histoire d'un seul tenant, jusqu'à sa fin. Elle n'en parut pas affectée, au contraire. Quoiqu'elle n'eût rien à me raconter de semblable, n'ayant pas dans sa vie, à entendre ses silences, d'amour qui la guidât, je ne semblais pas, mais pas du tout, être l'homme qui pût corriger un tel sens. Et d'ailleurs je n'attends rien ni personne, me dit-elle, la seule chose qui m'arrête chez vous, qui m'arrête en vous, qui m'arrête moi en vous, bon, précisa-t-elle, qui m'y installe, je veux dire, qui m'y fait me sentir bien, si vous voulez, c'est votre égoïsme, et je ne peux pas m'attacher à votre égoïsme, je n'ai pas vraiment le temps pour ça. Pardonnez-moi. Je vous en prie, dis-je. Mais c'est faux. Je ne suis pas égoïste. Même si à la rigueur je le suis ça ne me plaît pas et je ne cherche pas à l'être, ça ne m'intéresse pas du tout.

Moi, ça ne m'intéresse pas non plus mais j'aime bien, dit-elle. Je vous aime bien.

Moi aussi, dis-je.

Je vous trouve juste un peu énervant, dit-elle.

Voilà, dis-je. C'est exactement ça. On s'énerve

un peu, vous et moi. On n'en a plus pour très longtemps, de toute façon.

Nous reprîmes de la vitesse. Le paysage, sans devenir maritime, se modifia sensiblement. Les panneaux de signalisation, surtout. Avant le paysage lui-même. Nous roulions dans le Morbihan. Avec le golfe sur notre gauche, maintenant, qu'on ne voyait pas. C'est le ciel, qui me servait de repère. Beaucoup de ciel, tout à coup. Et ces routes qu'on croise à angle droit, petites, conduisant vers la mer, en travers de la nôtre qui file large. Nous nous rapprochions. Il y eut encore des kilomètres, et du temps, et du silence. Pas mal de silence. Nous étions bien, elle et moi. C'était fini. On roulait en plus, avec à peu près rien à se dire. Du temps, donc. Du temps nu ou presque. Je commençais sérieusement à penser à Philippe. Et à Laure, bien sûr. C'était la même chose. Elle m'appellera quand j'arriverai, me disais-je. Mon téléphone sonnera devant Philippe. Je n'aurai pas de cadeau. Juste Laure à l'appareil, et lui, bien après la fête. Surpris. Je lui passerai Laure, d'ailleurs. On pourra se retrouver à trois, à ce moment. Comme prévu.

Je regardai de temps à autre Florence à la dérobée. La fin de notre petite histoire. Bien bouclée.

Tout s'était passé exactement comme je l'avais décidé, et dans les meilleures conditions possibles, à l'exception de ma jambe. Mais, peut-être parce que quelque chose se concluait, et que j'avais avancé sur le chemin que Laure m'avait tracé, avec des étapes que j'avais franchies sans jamais vraiment me perdre, l'angoisse, de façon sourde, faisait le siège de mon apaisement. Elle prenait parfois le visage de Philippe, parfois encore celui de Florence, parfois aussi celui de Laure, qui n'avait toujours pas appelé. Je consultais régulièrement mon téléphone. J'observais aussi Florence, inquiet de sa quiétude, comme si malgré tout je l'eusse traitée avec désinvolture, et qu'elle s'en fût affectée. Et je pensais de plus en plus à Philippe, au fait que je venais à lui sans cadeau, sans intention de lui en faire, avec ce retard qui n'en était plus un, et rien à lui dire que voilà, je suis venu. Ça me donnait presque envie de repartir, déjà.

Sauf que j'avais décidé que Laure ne se manifesterait qu'à cette condition, que je rejoigne Philippe, que le temps que j'arrive sur l'île soit passé, révolu, effacé. J'avance dans un travail d'effacement, me disais-je. Et dans un premier temps, presque achevé, maintenant, ce sera la route qui s'effacera, puis Florence. Et je regardais l'une et l'autre, alternativement, Florence s'effaçant d'elle-même à mesure qu'elle roulait, paisible, neutre, prête à disparaître. Après les Traversière, donc, après l'hôtel, tout s'effaçait peu à peu dans ce que je me figurais comme un sillage, le mien, tandis que face à moi, à la hauteur d'Auray, comme s'annonçait la direction de Quiberon, le paysage semblait se creuser, s'évider, s'effacer comme le reste, et que je le sentais, cet effacement, me précéder, aussi, et que j'en éprouvais de l'ivresse, notai-je, une ivresse différente de celle de la veille, comme si plus rien devant moi, non plus, ne se fût opposé à mon cheminement et que je flottais, désormais libéré de tout. Non seulement libéré, me disais-je, ou plutôt sentais-je, car je ne pensais pas, je ne cherchais pas à penser, non seulement libéré mais libre. Et je touchai mon téléphone, dans ma poche, et ce contact était comme une pensée, là, oui, maintenant, c'était une pensée, je pensai que Laure ne l'était plus, elle, libre, en fait, parce que je la tenais enfermée, qu'en achetant mon téléphone c'était ma liberté que j'avais acquise, ma liberté de la réduire, elle, Laure, à ce téléphone, de sorte que je n'attendais plus rien d'elle que son appel.

Laure, je le sus, donc, sans trop savoir qu'en

faire, encore, cependant que, pour finir, nous quittions la nationale et que nous nous engagions sur la D 768, le paysage s'ouvrant, se creusant toujours, envahi par le ciel, Laure s'était réduite au son de sa voix, à un son en attente, et même, en deçà de ce son, à la sonnerie qui l'annoncerait, sonnerie dont j'ignorais d'ailleurs la tonalité puisque l'appareil n'avait jamais sonné, de même que j'ignorais ce que serait la tonalité de l'appel ; si bien que, persuadé que Laure appellerait quand je retrouverais Philippe, j'en concevais pour mon téléphone une curiosité nouvelle, comme s'il se fût agi d'un objet mystérieux dont j'eusse attendu que l'usage révélât la fonction, et que je sentais naître en moi un sens pratique, dont je n'avais jamais été réellement doté, sens qui s'aiguisait, en vérité, et qui, comme la direction se précisait, devenait unique, passé l'embranchement vers Carnac, m'amena à demander à Florence quand et comment elle comptait que nous embarquerions pour l'île, si elle s'était renseignée, parce que moi non, dis-je, ce n'est pas moi qui.

Je m'arrête à Quiberon, me répondit-elle, j'ai quelqu'un à voir avant Braz. Vous n'aurez qu'à prendre un bateau-taxi, je vais vous déposer à l'embarcadère.

Nous roulions alors dans l'isthme de Penthièvre, et la mer était là, de chaque côté, juste le temps que Florence m'eût parlé de bateau et que ce mot résonnât en moi, rimât avec l'eau qu'en quelque sorte nous fendions, car l'isthme est court. Nous roulions de nouveau dans les terres, déjà, et nous entrâmes dans Saint-Pierre. Nous dûmes réduire encore notre vitesse. Je ne savais qu'ajouter, Florence me laissait, donc, et ça me parut brutal, j'avais imaginé quelque chose de progressif. Florence disparaissant, en effet, mais moins vite, un peu moins vite. Je n'en éprouvai aucun regret, au demeurant. Je m'étais seulement habitué à elle. Surtout, je restais surpris qu'elle me devançât dans cette séparation qui, pour logique qu'elle fût, avait pris pour moi la forme d'un projet.

En même temps, je n'en manquais pas, de projets, attendre que ce téléphone sonnât, que Philippe enfin parût, et, jusqu'à l'embarcadère, me dis-je, profite donc de la situation, de la situation assise qui est la tienne, encore, dans ce siège passager où cette femme a eu la générosité de t'accueillir, en sus de son lit, car tout à l'heure tu vas te trouver dans l'obligation de te lever, avec ta jambe, et elle ne sera plus là, tu n'auras plus que ta canne, pour te tenir. Et je profitai, certes, de cette situation, j'en profitai un quart d'heure, en effet nous étions dans Quiberon, maintenant, la pente de la rue s'accentua et tout de suite au détour d'une boutique de prêt-à-porter féminin ce fut le large, de l'eau jusqu'à l'horizon haché par les bâtiments portuaires, des parkings, des quais, des bateaux et du ciel.

Florence se gara.

Voilà, me dit-elle. Je vous laisse. Je prendrai un bateau plus tard. Après ma visite.

D'où nous étions, j'avais vue sur un quai que dominait un panneau d'affichage évoquant la réservation des bateaux-taxis, et il y avait le long de ce quai un de ces bateaux, dont le moteur tournait en même temps que le nôtre, ou du moins continuait de tourner après que Florence eut coupé le sien. Bon, dis-je. Attendez, dit-elle.

Et elle poussa sa portière, contourna la voiture, tira ma portière, me tendit sa main. Je me hissai, j'avais toujours aussi mal, toujours autant de mal à me hisser, mais après, avec la canne, lui ayant rendu sa main, je fis face à Florence. Eh bien au revoir, dis-je. Et bon, me dis-je. Je l'embrasse. Au coin de la lèvre, allez. Et je le fis.

Elle ne se déroba pas. Mais elle ne me saisit pas

non plus la nuque, quand je me fus reculé, pour m'attirer à elle et m'embrasser à pleine bouche à proximité de ce quai où selon toute évidence, pour les rares passants qui hantaient le port en cette demi-saison, nous eussions figuré quelque couple en proie à la passion qu'eût exacerbée sa séparation conjoncturelle, non, Florence me rappela seulement que j'avais un sac dans le coffre. Elle partit l'en extraire et me le tendit. Après quoi, elle se remit au volant, me fit un signe de la main et s'en fut.

Je la regardai s'éloigner, elle ne se retourna pas, j'attendis qu'elle disparût dans un virage, et voilà, les choses étaient claires, je n'avais plus qu'à me diriger vers le bateau-taxi et tester ma canne.

J'avais cinquante mètres à faire, à peu près, et les quarante premiers se révélèrent chaotiques, entachés de mon inexpérience à me déplacer sur deux points d'appui de nature différente, l'un naturel, l'autre non, le troisième, ma jambe gauche, ne m'apportant qu'un soutien éphémère, accidentel, en quelque sorte, quand je m'appuyais dessus par erreur. Toutes difficultés qu'accusait, je finis par m'en apercevoir, le fait que je tenais la canne du mauvais côté, à gauche, à savoir du côté défaillant, quand il fallait, ce que le pharmacien avait omis de me préciser et dont je ne m'étais pas rendu compte au cours de mon essai dans l'espace clients de la pharmacie, trop réduit, et où je m'aperçus que j'avais triché, en fait, avec les lois de l'équilibre, qu'il fallait donc, cette canne, la tenir du côté de la jambe saine, afin de soulager son effort au moment de l'attaque du talon dans le démarrage du pas, mais également à l'arrivée, quand le pied droit reprenait appui, le gauche, lui, devant se contenter entre-temps d'effleurer le sol. J'éprouvai donc, dans les dix derniers mètres, une réelle satisfaction à me mouvoir sans souffrance excessive, et, quand je parvins à la hauteur du bateau-taxi, ce fut encore plus simple. L'un des trois passagers présents à bord, un homme entre deux âges, à la cravate oubliée, depuis longtemps défaite, s'offrit pour m'aider à descendre. Le pilote, qui nous avait embrassés du regard, lui et moi, avec une bienveillance dont il me sembla que nous bénéficions à parts égales, m'accueillit chaleureusement, m'accompagnant avec mon tuteur jusqu'au banc de poupe, où se trouvaient installés les deux autres, un homme et une femme, également entre deux âges, la mine défaite, eux, vêtus dans le style marin, et qui se tenaient la main comme pour un départ en montagnes russes. Et c'est auprès d'eux que je m'assis, le pilote m'ayant seulement demandé, à ce stade, de lui régler le prix de ma traversée.

Le bateau démarra vite ensuite, et vite aussi il accrut son régime, en un rien de temps le port fut derrière nous. Et, de ma poupe, donc, je sentis que là-bas, à l'autre bout, la proue se levait haut sur la vague, nous-mêmes, les passagers, ayant bientôt, constatai-je, de l'eau jusqu'aux pieds, qui entrait par un trou de la coque, un trou usiné, vérifiai-je, mais tout de même, c'était un peu comme si le pilote eût entamé maintenant une course contre cette eau qui montait, qu'il eût cherché à l'évacuer par la seule vertu de la vitesse, à la semer, cette eau, et, voyant que le niveau s'élevait, je me retins bientôt de chercher des yeux quelque récipient propre à écoper, mais je semblais être le seul, ici, à m'inquiéter, et, afin que ça ne se vît pas, que ça ne se vît plus, je décidai, en désespoir de cause, de m'avancer seul vers la proue, avec cette arrière-pensée, je l'avoue, qu'étant placé plus haut, si nous devions couler, je serais le dernier à le faire. Mais ce n'était qu'une arrière-pensée, bien sûr, je cherchais surtout à être tranquille, et d'ailleurs j'avais besoin d'être seul, je venais d'en finir avec Florence et je voulais que ça dure, cette fin, sentir où j'en étais, à présent, face à ce qui m'attendait, comment j'allais vivre ces instants qui me séparaient de ma destination, de l'île, loin devant moi, invisible, parce que c'est là que vais, me disais-je, là que je vais savoir, et maintenant je sais ce que je sens, je sens que je ne coulerai pas, à l'évidence, parce que c'est sur l'île que ça se passera, dans trois quarts d'heure, sur l'île et non ici, où j'en finis avec Florence, me félicitant d'en finir, avant d'en finir avec l'attente, et je consultai mon téléphone, mais rien, il captait mais rien, logique, me dis-je, parfaitement logique, tout va très bien, de mieux en mieux, même, allons donc vers l'avant, allons seul de l'avant.

Il était délicat, en vérité, de se déplacer à bord dans ces conditions, qui nous étaient faites, et où le roulis se combinait au tangage, qui au demeurant dominait, la proue du bateau s'abaissant irrégulièrement en frappant le flot à contretemps, soit qu'elle s'enfonçât dans l'ample creux de la vague, soit qu'elle heurtât trop tôt sa crête, contraintes qui se fussent certes excercées sur un sujet agile, déjà, bien campé sur ses jambes, mais qui, sur l'individu fragile que j'étais, nanti d'une canne dont l'embout tendait à glisser sur le pont recouvert d'eau, se révélaient plus que préoccupantes, m'interdisant de lâcher plus d'un dixième de seconde les supports fixes dont j'éprouvais le besoin du côté où je ne tenais pas la canne, pour progresser, dossier du banc, d'abord, mais aussi bastingage, montant de la cabine, que je devais donc lâcher pour passer de l'un à l'autre, avant que la proue ne retombe, ou qu'un bord du bateau ne s'élevât plus que l'autre. Et pourtant j'étais parvenu, ainsi, à mi-chemin de mon objectif, coincé maintenant dans l'étroit passage entre cabine et bastingage, à la hauteur du pilote, que je voyais par la vitre, appuyé du bout des fesses sur son siège, la barre lâchée, lui, piochant d'une main équipée d'une fourchette dans la barquette qu'il tenait de l'autre, amenant d'un geste sûr jusqu'à ses lèvres ce que j'identifiai comme des grains de taboulé cependant qu'il scrutait la mer, parfaitement attentif, ce qui me rassura mais ne m'empêcha pas de poursuivre vers la proue, dépassant bientôt la cabine, sortant de mon couloir, donc, puis, stoppant, me tenant tout entier au bastingage, des deux mains, la canne passée sous un bras, le regard fixant à tribord l'infinité du flot en attendant de repartir. Des oiseaux que je n'avais jamais vus nulle part filaient au loin, en un groupe toujours solidaire dont seule changeait la forme, puis piquaient vers l'eau pour y déposer leur tache noire, dans un même agrégat mouvant, tandis qu'autour d'eux la mer trouvait la mesure de son étendue, aucune terre n'étant plus visible, de quelque côté qu'on se tournât, car je me tournai, toujours appuyé je me tournai et partout c'était pareil, clair, limpide, perpétuellement, sans rien qui arrêtât le regard qu'un rare bateau, parfois, si loin qu'il semblait perdu. Je repris ma progression en crabe, mes deux mains se chassant l'une l'autre sur le bastingage. J'avais repéré un banc, là-bas, ménagé dans le triangle de la proue, où je projetais de m'asseoir. Ma canne me gênait, que je maintenais toujours serrée sous un bras, mais je ne voulais pas m'en séparer, à tort, sans doute, elle s'était révélée inutile jusqu'à présent, sur le bateau, mais tant pis, me dis-je, je ne vais pas tout remettre en cause maintenant, c'est trop tard. Et j'atteignis le banc, mais ça m'avait pris du temps, beaucoup, de sorte que, lorsque je parvins à m'asseoir, l'île était en vue. En gros, le temps que le bateau eût effectué sa traversée, j'avais, moi, parcouru le bateau, et j'en retins une impression désagréable, comme d'un parcours immobile à quoi se fût réduit l'ensemble de mon voyage. Mais cette impression passa, l'île s'étendait dans mon regard, maintenant, à tout le moins même si je n'y étais pour rien elle se rapprochait, elle, elle venait à moi, en un sens, et surtout toute métaphore mise à part j'arrivais, j'arrivais vraiment, et j'en concevais une excitation dont je n'avais pas d'exemple, quand je regardais vers l'arrière, vers ma vie, peut-être étaient-ce la mer, le vent, la fatigue, j'étais excité, oui, j'allais savoir, et le bateau tout à coup changea de régime, la mer se fit plus distincte, plus lente, précisant ses vagues, la jetée qui délimitait le port cessa de se profiler, nous la doublions, le pilote manœuvrait vers le quai.

Quand le bateau fut amarré, je laissai mes copassagers gagner la terre ferme. Je saluai le pilote, enjambai l'espace qui me séparait du quai et me reçus sur le ciment en pesant bien sur la canne, considérant la pente qui s'élevait vers le village. Peu de gens, là encore, excepté deux hommes qui s'affairaient sur des casiers et mes trois compagnons de traversée, loin devant moi, qui montaient à pied, naturellement, puisqu'il n'y a pas de voiture sur l'île, je le savais, Laure le savait, elle était déjà venue, pas moi, je n'avais jamais mis le pied sur une île et je commençais par celle-là, ça n'a pas l'air bien grand, me dis-je, mais je le savais aussi, Laure me l'avait dit, ce que je ne savais pas c'est que ça montait, avec beaucoup de bitume, jugeai-je, peut-être que plus loin ça s'arrange, du côté de chez Philippe, dont je n'avais pas l'adresse parce que, je le savais aussi, il n'y a pas d'adresse, ici, les rues n'ont pas de nom, il n'y a que les gens qui ont le leur, Philippe aussi, donc, Fabre, de toute façon c'est tout près de l'église, on demande Fabre, la maison de Fabre, quand il fait doux comme ça les gens sont sur le pas de leur porte, côté rue, donc, il n'y a pas de jardins, pas la peine, on voit la mer tout autour et quand on ne la voit pas on la sent, et toutes les maisons sont blanches.

Ça aussi, je le savais. M'intéressait prioritairement, toutefois, ce que je ne savais pas et je consultai mon téléphone. Il captait un peu. Assez pour m'indiquer qu'il n'avait pas enregistré d'appel. Assez, également, pour qu'il pût le cas échéant sonner. Mais ce cas n'échéait pas. Une seule personne au monde connaissait mon numéro et ne le composait pas. Il est vrai que je n'avais pas encore trouvé Philippe, j'entamais la montée, seulement. Ma première montée avec canne. Et sac, dans l'autre main. Difficile, bien sûr. Faisable, au reste. Je pouvais aller partout, avec cette canne. Je croisai deux personnes, qui descendaient, donc, et qui parurent me plaindre, soit que je leur eusse fait pitié d'avoir à monter comme ça en peinant, car je n'ai pas dit que je ne peinais pas, soit qu'ils eussent considéré plus généralement qu'avec une canne j'eusse dû me trouver ailleurs que sur l'île, parce qu'il y a d'autres endroits, tout de même, ou qu'alors il fallait bien que dans ces conditions j'eusse quelque chose à y faire de crucial, or j'avais quelque chose à y faire de crucial mais je ne pouvais pas le leur dire, c'était mon secret, ça, qu'en fait j'étais venu ici pour attendre, que j'avais fait tout ce chemin jusque-là pour attendre, mais pas longtemps, attendre et que tout de suite ça se résolve. Désolé, donc, songeai-je, vous n'en saurez rien, et je poursuivis mon chemin sans davantage me soucier d'eux. J'atteignis le sommet de la pente, pas tout à fait le sommet, il y avait bien deux cents mètres de faux plat sur la gauche, encore, et j'éprouvai le besoin de faire une pause. Je considérai sur ma droite une supérette fermée, face à moi une voiture, une seule, avec un caducée, garée devant un cabinet médical, sur ma gauche le faux plat qui conduisait au village, avec un hôtel, déjà, des maisons et des espaces vides sur la mer, une rue ajourée, en somme, claire, blanche, que traversait le vent. Je trouvai à m'asseoir sur un banc, où je repris des forces, repartis, et peu à peu je pénétrai dans le village, dont les maisons tantôt se resserrent, tantôt s'écartent pour faire place, avec des fleurs au milieu. Quelques habitants, aussi, ou vacanciers. Un couple parut qui marchait main dans la main, âgé, vêtu dans le style marin, je le reconnus, c'était le couple du bateau, ah, dis-je, rebonjour, vous connaissez l'île ? Je cherche la maison de Philippe Fabre.

Ils s'étaient arrêtés tous les deux, la mine toujours défaite, et l'homme me regarda comme si je lui posais cette question un peu à contretemps, que j'eusse dû le faire sur le bateau, déjà, enfin c'est ce que je crus comprendre parce que son regard me parut sévère, il m'en voulait peut-être de les avoir laissés, sur leur banc de poupe, à prendre l'eau pendant que je filais vers l'avant. Et puis c'était la première fois que je prononçais à voix haute le nom de Philippe, que je déclinais son identité, je ne suis peut-être pas censé le faire, me dis-je, en tout cas pas ici, pas maintenant, voilà, ce n'est peut-être pas le moment de parler de Philippe, me disais-je, mais je n'y peux rien, moi, je le cherche, Philippe, je veux le trouver, et finalement l'homme répéta Fabre, Fabre, oui, je connais, c'est l'avant-dernière maison avant l'église, non ? dit-il à sa femme, qui ne lui avait pas lâché la main. Je crois bien, répondit-elle en me regardant, oui, Fabre, c'est la maison, tu sais, dit-elle à son mari, avec les volets qu'ils ont repeints la semaine dernière, ce monsieur qui vient hors saison, tu sais, jamais rasé, et qui porte toujours un petit sac rouge, un sac à dos. Oui, répondit l'homme, Fabre, bien sûr, je crois qu'il est là en ce moment, vous êtes un ami à lui ?

Évidemment, dis-je, et l'homme me regarda encore sévèrement avec ma canne, peut-être parce que justement j'y allais, chez Philippe Fabre, un ami à moi, oui, et alors je me mettais en branle, non seulement je demandais où je pouvais le trouver mais de surcroît j'y allais, tout de suite, en boitant, c'était peut-être trop, pour cet homme, une telle détermination, il ne fallait peut-être pas aller comme ça même à titre amical chez Philippe Fabre, tout de suite, en pesant sur sa canne, après avoir demandé où il se trouvait, trop obscène, me dis-je, trop clairement dit, pensé, entrepris, ou encore on imaginait peut-être que je lui voulais du mal, à Philippe, que j'allais lui donner des coups, avec ma canne, enfin je ne m'y attardai pas, sur cet homme qui venait de me renseigner, je l'avais largement dépassé, d'ailleurs, il pouvait penser ce qu'il voulait, moi aussi je pensais ce que je voulais, je le voyais, le clocher de l'église, j'avais cinquante mètres à faire.

J'y fus donc vite, face à l'avant-dernière maison avant l'église, accolée à deux autres, comme presque toutes, ici, petite, fleurie, avec une sorte de courette séparée de la rue par un muret bas, les deux maisons de part et d'autre plus fleuries, elles, sans signe de vie patent qu'un canot retourné devant l'une, une potée de géraniums devant l'autre avec un tourniquet en plastique auquel le vent imprimait une rotation intermittente, légèrement sonore, comme un cliquetis. Et, devant la maison de Philippe aux volets vivement repeints, en effet, un vélo appuyé contre le rebord de fenêtre. Je passai le muret, atteignis la porte, il y avait une sonnette, sonnai, entendis la sonnerie étouffée de l'intérieur, attendis un moment, j'avais une montre, six heures, disait-elle.

Je tenais encore mon sac à la main. J'attendis, je resonnai, j'attendis, j'attendis encore, je resonnai, tendis l'oreille, je n'entendais rien. Je posai mon sac à mes pieds, resonnai, attendis, tendis l'oreille encore, vérifiai que la porte était fermée, elle ne l'était pas. Elle ne l'était pas du tout, elle était juste repoussée de l'intérieur, le penne dégagé. Je ramassai mon sac et la poussai, du dos de la main qui tenait la canne, entrai, les volets étaient fermés d'un côté de la pièce, côté soleil, c'était une pièce de vie, à tout faire, avec un bar, une table, des chaises, dans un coin un canapé. Un buffet, également, où s'alignaient quelques objets d'apparence récente, et qui ne trouvaient pas leur utilité ici, dans cette pièce, assez peu utiles, du reste, un vase avec des fleurs, aussi, des cadeaux, songeai-je. Des cadeaux mais plus d'invités, songeai-je encore. Ou rien. Tout était silencieux, comme daté.

Je tentai de me signaler en appelant doucement, Philippe, Philippe, répétai-je, je n'avais pas eu l'occasion de vraiment le faire, jamais en vérité, excepté depuis que j'avais pris pied sur l'île, je n'avais prononcé le nom de Philippe que je connaissais peu, en fait, l'eussé-je mieux connu qu'il n'était pas certain que je l'eusse appelé davantage, et donc au point où j'en suis je le rappelle, me dis-je, Philippe, répétai-je donc, et comme on ne me répondait toujours pas je craignais maintenant qu'il ne me réponde, je pensais à l'incongruïté de ma visite, au fait que j'arrivais trop tard, sans cadeau, mais je rappelai quand même parce que j'étais venu pour ça, pour le voir, il était capital que Philippe fût là, maintenant, et qu'il me le fît savoir, assez vite, de préférence, de toute façon je ne repartirais pas comme ça, j'avais besoin de le voir, pas envie, vraiment, besoin, j'y étais, et j'appelai encore tout en m'avançant dans la pièce en appui sur ma canne et il ne répondait pas mais je me retournai et je le vis, allongé sur le dos dans un autre canapé, à droite de la porte d'entrée, sa montre posée à même le sol, près d'une boîte de boules Quiès, un journal déplié sur le visage.

Il était là, donc. Presque là. Restait à faire la jonction. Je devais me signaler auprès de lui, à cette fin l'éveiller, soulever le journal. Et, par la même occasion, m'assurer que c'était lui. Je posai mon sac. C'est forcément lui, me dis-je. Je le regardai. Je ne pouvais rien dire tant que je n'avais pas ôté le journal. Ouvert côté titres. À quelques centaines de kilomètres de là, c'était la guerre.

Avant de faire le moindre geste, je toussai. Sans trop forcer, du reste. Ma gorge était un peu prise, mon fond de rhume persistait, en vérité je n'avais fait que boiter par-dessus.

Je craignis de lui faire peur. Puis, bien que ma toux fût restée sans effet, de brusquement le décevoir. Au réveil, donc. Qu'il me vît là, soudain, les mains vides. Venu pour rien. Pas assez là, en somme.

Soulevons déjà ce journal, me dis-je. Avançons. Et je tendis ma main vers le journal. C'était exactement le geste que je devais faire. Philippe était mort.

Je ne sais ce qui me frappa davantage, à ce moment, qu'il fût mort, donc, les yeux grands ouverts, la tête légèrement inclinée vers moi, ou que mon téléphone ne sonnât pas. Qu'il ne sonnât pas puisque Philippe était mort. Et que la jonction ne s'était pas faite. Ne se ferait pas. Que c'était fini.

Que j'en avais fini avec Laure.

Depuis l'hôtel.

Tout de même. J'eusse préféré que Philippe vécût.

Je calculai qu'en dix minutes avec ma canne je pouvais rejoindre le cabinet médical devant lequel j'étais passé en arrivant sur l'île. Je laissai mon sac et sortis de la maison, ayant tiré la porte sans la fermer tout à fait.

Dehors, il faisait toujours doux, avec le même vent qui venait de la mer, un vent faible, comme freiné, et je m'aperçus qu'un voisin de Philippe sortait de chez lui, un peu après, donc, que je venais de sortir, moi, de chez Philippe. Il ne me prêtait pas attention.

Comme je prenais la direction du cabinet médical, je lui jetai un discret regard en arrière. Il se tenait devant chez lui comme pour prendre l'air, pas vraiment habillé. Puis il rentra. Je poursuivis mon chemin en pressant le pas, autant que je pouvais, attaquant fermement le sol de ma canne. J'avais un peu mal, en dépit de ce qui commençait à devenir une habitude. Sans doute allais-je trop vite. Et, de fait, je mis moins de cinq minutes pour atteindre mon but.

Je poussai la porte, c'était tout de suite la salle d'attente. Il n'y avait qu'une personne, un homme, une casquette posée à côté de lui sur une chaise, le poignet bandé. Bonjour, lui dis-je. Pardonnez-moi mais c'est une urgence, je vais passer devant vous.

Je notai qu'il me regardait comme si l'urgence c'était moi. À sa décharge, je grimaçais, j'avais de nouveau très mal.

Pas de problème, me dit-il, mais vous devriez peut-être vous asseoir en attendant que le médecin se libère.

Non, dis-je, je ne peux pas attendre.

Et je me dirigeai vers la porte du cabinet. Dans le même temps, elle s'ouvrit. Un homme parut, qui serrait la main d'une femme, puis s'en fut. La femme me vit, m'interrogea du regard. C'est urgent, lui dis-je, je dois absolument vous voir.

Bon, me dit-elle tout en s'effaçant, entrez, qu'est-ce qui vous arrive ?

Et j'entrai devant elle. Asseyez-vous, me dit-elle. Non, dis-je, je préfère rester debout. Elle fit le tour de son bureau, s'apprêta à s'asseoir, le visage ouvert, souriante, les lèvres pleines, les yeux grands, alors, qu'est-ce qui vous arrive ? répéta-t-elle. Il y a quelqu'un qui vient de mourir, dis-je. Enfin, je crois. Où ça ? dit-elle sans cesser tout à fait de sourire, ménageant une transition, m'apparut-il, vers le sérieux qu'imposaient mes mots. Comment ça ? Dans l'avant-dernière maison avant l'église, dis-je. Philippe Fabre. Il est couché dans un canapé, il ne bouge pas, il a les yeux ouverts. Et vous ? dit-elle. Moi ? dis-je. Ça va. Non, dit-elle, ça ne va pas, je le vois bien. Mais elle se levait déjà. J'y vais tout de suite, dit-elle. Attendez-moi dans la salle. Non, dis-je, je suis un ami, en quelque sorte, de toute façon j'ai laissé mon sac, je viens avec vous. Si vous voulez, me dit-elle.

Elle poussa la porte du cabinet, je la suivis. Je suis désolée, déclara-t-elle à l'homme bandé en traversant la salle d'attente, je dois m'absenter, je n'en ai pas pour très longtemps, je pense, vous attendez là ou vous voyez l'infirmier pour votre pansement. Et elle sortit cependant que je pressais le pas derrière elle, ma canne frappant le sol à grands coups rapprochés, chaque coup comme si je me le donnais, je dois à nouveau me coordonner mal, me dis-je.

Heureusement, elle prenait la direction de sa voiture. Elle m'ouvrit la portière passager, passa au volant, je m'étais assis sans trop de mal, cette fois, c'est bizarre, me dis-je, peut-être que ça se calme. Elle démarra. Nous remontâmes la rue, quelques secondes. C'est là, dis-je. Elle stoppa, sans se garer, il n'y a pas de trottoirs, ici, m'ouvrit la portière, m'aida à me hisser, quand même, je la suivis, elle poussa la porte de la maison.

Quand j'entrai, je la trouvai accroupie, déjà, une main sur le pouls de Philippe, puis sur son front, qui descendit, elle se releva. Il a de la famille ? me dit-elle. Je ne sais pas, dis-je. C'est bien lui ? me dit-elle. Je ne le connais pas. C'est lui, dis-je. Vous pourriez me trouver une couverture ? me dit-elle. Non, ne bougez pas, se reprit-elle. J'y vais. Elle monta à l'étage, j'entendis des portes s'ouvrir, j'évitai de regarder Philippe le temps qu'elle revînt, déployant sur Philippe la couverture qu'elle avait trouvée. Je retourne au cabinet, dit-elle, je vais téléphoner de là-bas. Je vous ramène. Bon, dis-je, attendez, je prends mon sac. Je vais le prendre, dit-elle. Et elle ramassa mon sac, nous quittâmes la maison de Philippe, entrâmes dans la voiture, l'un après l'autre, elle démarra. Dans la minute qui suivit elle stoppa, l'un après l'autre nous descendîmes de sa voiture, elle me prit le bras, nous entrâmes ensemble dans la salle d'attente. L'homme bandé n'était plus là. Attendez-moi là, me dit-elle, je n'en ai pas pour très longtemps, je vais m'occuper de vous. Elle ouvrit la porte de son cabinet, s'enferma, et j'attendis, debout, en appui sur ma canne.

Pas très longtemps, cette fois. Elle m'ouvrit. Je traversai la salle d'attente, passai le seuil du cabinet et me postai debout devant son bureau cependant qu'elle en faisait le tour, s'installait, sortait une fiche, un stylo. Vous êtes de passage ? me dit-elle, son regard dans le mien, avec quelque chose au fond, me dis-je, je vois quelque chose. Ou alors c'est moi. Vous ne répondez pas ? me dit-elle. Pardon ? dis-je. C'est votre téléphone, je crois, dit-elle. Oh, dis-je. Je l'entendais, maintenant, en effet, la sonnerie était faible, mal réglée, sans doute. Pardonnez-moi, dis-je, j'ai oublié de l'éteindre. La sonnerie se tut. Je répondis oui, de passage, bien sûr. Mais je vais peut-être rester, maintenant. Je pense qu'il faut que quelqu'un reste. Oui, c'est bien, me dit-elle, c'est mieux. En attendant, je vais remplir cette fiche. Elle leva les yeux vers moi, il y avait une question dans son regard. Il y avait son regard, donc, et cette question, mais c'était plutôt son regard. Oui ? dis-je. J'aimerais savoir comment vous vous appelez, me dit-elle.

CET OUVRAGE A ÉTÉ ACHEVÉ D'IMPRIMER LE PREMIER FÉVRIER DEUX MILLE CINQ DANS LES ATELIERS DE NORMANDIE ROTO IMPRESSION S.A.S. À LONRAI (61250) (FRANCE)
N° D'ÉDITEUR : 4032
N° D'IMPRIMEUR : 041871

Dépôt légal : mars 2005